O FILHO DE
OSUM

DECIO
ZYLBERSZTAJN

O FILHO DE
OSUM

Copyright © 2019 Decio Zylbersztajn
O filho de Osum © Editora Reformatório

Editores
Marcelo Nocelli
Rennan Martens

Revisão
Marcelo Nocelli
Natália Souza

Capa
Mika Matsuzake

Editoração eletrônica
Negrito Produção Editorial

Dados Internacionais de Catalogação na Publicação (CIP)
Bibliotecária Juliana Farias Motta (CRB 7-5880)

Zylberstajn, Decio
    O filho de Osum / Decio Zylbersztajn. – São Paulo : Reformatório, 2019.
    192 p.; 14 × 21 cm.

    ISBN 978-85-66887-59-4

    1. Romance brasileiro. 2. Ficção brasileira.
z99f   CDD B869.3

Índice para catálogo sistemático:
1. Romance brasileiro

Todos os direitos desta edição reservados à:

EDITORA REFORMATÓRIO
www.reformatorio.com.br

*Ao Pedro,
boas-vindas.*

*Dedico este livro à memória de:
Stefan Zweig,
Walter Benjamin,
e todos os que não viram a aurora desta longa noite.*

CAPITULO 1

Preta Lina de Osum, Bom Retiro, 1893

O terreiro brilhou com as cores de Osum. As mulheres vestiram amarelo, dourado, rosa, azul e todas rodaram as saias ao redor do Ariaxé, o centro do terreiro onde moram os Orixás. A Ialorixá sentou-se na cadeira enfeitada, um trono, e recebeu os devotos que se ajoelhavam em respeito. O Alagbê entoou um cântico que foi repetido em forma de mantra, até que uma das mulheres da roda estancou falando em dialeto. Ela suava em bicas, tinha o corpo rijo, o tronco inclinado, o rosto voltado para o lado e os braços abertos. Segurava o espelho com a mão direita e apontava com a esquerda para o alto. As outras mulheres a ampararam, elas ali estavam com a função de proteger aquelas que, a rodar sem parar ao som dos atabaques, entravam em transe.

A voz masculina calou-se dando lugar ao canto da Lya Tebexê. As saias pararam de rodar em obediência ao comando dos atabaques, sinalizando a entrada da menina, a iniciada. A jovem negra caminhou em direção a Ialorixá, ajoelhou-se aos seus pés e as mãos da santa pousaram sobre a sua cabeça. Os atabaques ganharam ritmo e os vestidos azuis voltaram a girar no terreiro, manifestando alegria pela Filha de Osum, recém confirmada.

Agora Preta Lina, tinha maioridade, era Egbon, deixava de ser uma Yawo.

A Ialorixá olhou dentro de Preta Lina, puxou-lhe a cabeça ao colo e soprou o segredo ao seu ouvido. A jovem ainda ajoelhada, recebeu o ensinamento de Botar o Jogo, passado de geração em geração pelas Filhas de Osum. O mesmo segredo que Osum recebeu quando negociou com Exu a devolução das roupas de Obatalá, narrado na lenda africana. A Ialorixá falava ao ouvido de Preta Lina: *A filha traz o amor, essência de Osum, mas Oxumaré aponta para água remexida ao seu redor. A filha não tem o gosto pelo luxo, pelo ouro ou pelas pedras, mas no caminho vai encontrar alguém que gosta de se mirar no espelho e se encher de riquezas. É o que os Búzios anunciam. Que Osum guie os teus passos na vida.*

Preta Lina ouviu calada e quando levantou a cabeça, não era mais uma menina.

CAPÍTULO 2

Anna Lea na biblioteca do bordel, 1952

Estas estantes vazias machucam minha alma. *Oi vey*... que mal eu fiz na vida! Aqui é o único lugar da casa onde tive algum prazer, não foi na cama como todos imaginam, foi aqui com os livros. Na cama eu senti o cheiro de homens suados, viajantes cansados. Mas os livros, ah os livros me deram alento, ah... me deram. Agora a estante está vazia e eu com mais de trinta anos vou ter que mudar de cidade novamente. Uma puta velha é o que sou. Uma velha puta. Gosto desta poltrona ao lado da janela onde eu lia os livros que agora estão espalhados pelo chão. Vou ler até a luz do dia acabar. A energia foi cortada. Bons tempos quando a casa funcionava e eu lia até que o primeiro cliente chegasse. Eu ia para a cama com o cliente que gozava enquanto eu pensava em alguma cena do romance. Por treze anos de trabalho no bordel foram os livros que me salvaram. Dancei, cantei, bebi, me droguei, apanhei e trepei com todos os tipos que me pagaram. Neste bairro todos me chamam de puta, de *curve*, mas estou viva. A Rua Aimorés está vazia! Não posso acreditar...vazia! O governador e o prefeito são da mesma laia! *Banditn*! Mandaram fechar, prenderam e bateram nas meninas... e como bateram.

Oi vey... que mal eu fiz na vida para merecer este castigo? Antes a polícia me protegia, mas depois que Egídio se aposentou eles ficaram violentos. E esse governador e o prefeito, moralistas de merda, fecharam os puteiros pobres mas deixaram funcionando aqueles que eles frequentam, longe daqui. Neste Bom Retiro só tem ralé, *shleperai*, tipos que chegaram fugindo, sem pátria e sem tostão, com uma mão na frente e outra atrás, como se diz. Gente de Portugal, da Itália, da Bessarábia, da Polônia, da Bielorússia, da Lituânia, da Galícia, sei lá de onde mais. Para os lados da baixada do Rio Tietê, nas favelas, resistem os pretos que transbordaram da Barra Funda e foram morar nos terrenos das antigas olarias, lá onde se costuma jogar o lixo da cidade. Ah, o que me ajudou foi a estação dos trens que traziam os viajantes, meus clientes.

Aos domingos, quando amanhecia e ao anoitecer, havia silêncio nesta rua. Desta janela eu ouvia vozes com sotaques de estrangeiros como eu. Pessoas diferentes por fora e iguaizinhas por dentro, miseráveis, deslocadas, saudosas e refugiadas. Até aqueles que tinham documentos eram refugiados como eu fui. Deslocados e arrancados pela raiz, ah... sim, pela raiz. Mesmo os que têm família por perto, mesmo os que conseguiram o dinheiro que nunca tiveram antes, são refugiados! Refugiados, andarilhos, errantes, vendendo e comprando tudo o que pode ser vendido ou comprado. Vendendo o vento, a esperança e eu, vendendo o meu corpo, por que não? Puta, *curve* sim, mas sobrevivente.

Escureceu, não consigo enxergar mais nada. *Oy, oy,* a minha alma dói. *Oy vey, oy vey...* que mal eu fiz na vida?

As meninas foram embora, acabaram os clientes, o que eu poderia lhes oferecer? Nada mesmo. Só Preta Lina, nascida escrava, velha teimosa, ainda me acompanha. Sem fazer perguntas sobre o futuro, ela vem me ver todos os dias, vem a pé lá da favela da várzea do Rio Tietê. Sobe a Rua dos Italianos no passo lento que a velhice lhe permite. Compra duas garrafas de vinho na adega dos padres da esquina da Júlio Conceição. Um deles foi meu cliente por muitos anos. Homem muito bom aquele padre, humilde, um santo, um *mensh*. Uma garrafa de vinho é para mim e a outra Preta Lina diz que é para a entidade dela. A Preta vem a pé, devagarinho. Ah... Preta Lina, ela não gosta que eu chame a sua morada de favela. Diz que mora em casa de alvenaria e não em barraco. Esta minha casa, só pude ficar por conta do dinheiro de Jos. Jos! O que ele diria desta Rua Professor Lombroso vazia?

Eu sempre tive um segredo, afinal o que é uma mulher se não tiver um segredo pelo menos? O meu segredo era esta biblioteca, poucos sabiam dos meus livros. Os clientes nem desconfiavam, quem poderia imaginar uma biblioteca num puteiro? Aqui sempre foi o lugar para satisfazer o corpo, para trepar, não para ler e sonhar. Este foi o melhor bordel do bairro, limpo e bem cuidado, quando aparecia *ein kranke* eu chamava o doutor Daniel e ele cuidava das meninas. Na biblioteca só entrávamos eu, Jos, Preta Lina e Egídio. E mesmo ele só depois que se apaixonou por mim. Eu sou judia e ele é *goy*, mas que judeu aceitaria casar-se com uma *curve*? Nós dois no fim da linha e sem futuro. De que adiantou Egídio me dar proteção? Aqui no bairro eu serei sempre uma *curve*, a chefe das polacas, a *curve* polaca fugida de Lodz, assim sou conhecida. Só a Preta Lina me chama de Dona Anna, mas... quem é Preta Lina senão um trapo jogado nas ruas desta cidade com milhões de cínicos. Eu gosto quando ela passa por aqui e faz rezas africanas com cheiros e incensos. Gosto quando ela passa as mãos na minha cabeça e diz coisas que eu não sei o que significam. Não sei explicar, mas ela me acalma. Ah... como me acalma a Preta Lina. Quando ela vai embora eu me sinto tranquila e pergunto. "Quando você vai voltar?" Ela nunca me responde, nunca fala do futuro, só o presente lhe interessa.

Hoje é sexta feira, vou acender as velas de *shabat*. Vão me ajudar a enxergar no escuro. Preciso arrumar as caixas dos livros. Leio e releio os que eu trouxe no navio e mais os que o livreiro Engler me vendeu a cada duas semanas por dez anos sem falhar. Ainda tenho livros que trouxe da Europa, ainda guardo comigo o caderno de telefones de Lodz. Sempre pensei que um dia fosse precisar. Hoje os nomes listados no livro são nomes de mortos. É um livro vazio, uma lista sem significado. Todos na lista de endereços viraram fumaça. Eu trouxe as duas caixas com livros no navio pensando na casa que eu iria montar. O marido? Eu não conheci, nunca existiu. Era tudo mentira, ah... Jos, canalha!

Preciso enviar as caixas com as pedras para Cornelius, na Antuérpia. Jos não vai me atrapalhar mais. Fugiu às pressas. Pediu para que eu mandasse uma caixa para Preta Lina e outra para Cornelius. Jos nunca mais vai ver esse dinheiro. Como é que eu vou levar as caixas para Santos?

A polícia me persegue, os moradores do bairro me chamam de *curve*, sou impura e não posso rezar na sinagoga. Vou acender as duas velas e fazer a oração. Dizem que a noite da véspera do *shabat* é como a chegada de uma noiva. Eu nunca fui noiva, não fui mãe e não terei direito a enterro decente. Serei enterrada junto ao muro com os impuros, pecadores e suicidas, ninguém rezará por mim. Vou acender as velas.

– Egídio, você rezará para mim?

A biblioteca ficava no andar superior do sobrado, no canto improvisado anexo ao quarto de Anna Lea. O espelho postado na escada, velho truque dos bordéis franceses, permitia que Anna Lea visse quem subia. No quarto, de pé direito alto, Anna Lea instalou uma estante que cobria toda a parede oposta à janela. O espaço, suficiente para acomodar as coleções de livros que trouxe da Europa e mais aqueles que comprou ao longo dos anos. Seu Engler, o livreiro, quinzenalmente a visitava trazendo lançamentos e livros usados escritos em alemão, polaco, russo e *yidishe*. Anna Lea examinava e decidia. Seu Engler desconhecia o conteúdo dos livros. Era um livreiro analfabeto, algo como um vendedor de vinhos abstêmio. Anna Lea comprava livros que encontrava nos sebos da Barão de Itapetininga e ao redor da Praça da Sé. Ela colecionou um mundo de livros, um mundo dentro do bordel.

Egídio olhou pela fresta da porta e avistou Anna Lea de costas. Ele a observou quando ela acendeu as duas velas, colocou as mãos sobre os olhos e rezou a *bracha*[1] do *shabat*. Egídio se aproximou, parou atrás da cadeira e lhe acariciou a nuca. Anna Lea pendeu a cabeça, reconfortada, apoiando-a nas mãos de Egídio.

– Egídio, você rezará por mim?

O ex-delegado estranhou a pergunta e desconversou ao perceber que Anna Lea chorava.

– Tem um cheiro agradável de alfazema no ar.

– Foi a Preta Lina que andou por aqui. Ela veio com a cesta de incensos, chazinhos, figas e amuletos. Quando ela sai parece que fica tudo leve.

1. Oração, em hebraico.

Egídio se calou por um instante de modo a não perturbar a calma do ambiente e só então falou.

— Paguei a conta da eletricidade, amanhã a energia será religada e tudo voltará ao normal.

Anna Lea se pôs em pé e aproximou-se da janela que dava para um pequeno balcão e suspirou.

— Nada voltará ao normal, não existe mais nada de normal no mundo. Vou vender esta casa e mudar para um lugar onde ninguém saiba quem foi Anna Lea. Na verdade acho que ninguém sabe quem é Anna Lea, nem você, nem eu mesma. Talvez eu abra uma pensão em uma cidade do interior, nada de bordel, só uma pensão. Vou mudar de vida novamente.

Egídio olhou para as costas de Anna Lea e comentou.

— Eu quero te acompanhar, posso ajudar com as despesas. Tenho a aposentadoria de delegado e vou te proteger.

— Proteger? Você me explorou por mais de dez anos, me roubou e me espancou muitas vezes. Eu não acho que você teria paciência para viver comigo na velhice. — Anna Lea apontou para as caixas deixadas por Jos e continuou — Estas caixas devem ser entregues no endereço em Santos, lá uma pessoa saberá como fazê-las chegar a Antuérpia na casa do amigo de Jos, o tal Cornelius van der Meer. Agora ele é nosso amigo. A outra caixa é para Preta Lina.

Egídio foi sarcástico.

— Fugir de bandido é mais complicado do que fugir da polícia. Não deu tempo para que Jos levasse as caixas. Escapou por pouco, disse que embarcaria no cargueiro que seguiu para a Guiana Holandesa. Você soube alguma coisa dele?

— Ainda não tive notícias, mas pelo que conheço de Jos ele deve estar na Holanda, possivelmente puto da vida. Eu vou com você para Santos, assim aproveito para visitar o cemitério em Cubatão. Preciso ver se estão cuidando dos túmulos das minhas amigas. Afinal de contas, a sociedade beneficente paga as despesas de manutenção.

– Eu levo as caixas mas vou sozinho, se quiser te levo até Cubatão em outra ocasião. Tenho que conversar com um amigo galego que tem um restaurante perto do porto. Velhas dívidas não saldadas. Vou mandar um carregador pegar as caixas, respondeu Egídio.

Anna Lea voltou para a janela de onde ouviu os passos de Egídio a descer as escadas e o observou quando ele seguiu pela rua em direção à linha do bonde. Lembrou-se dos homens que lhe ofereceram proteção. Nenhum foi sincero.

Sinceros foram os clientes solitários que se deliciavam com o meu corpo, quando me contavam os segredos que as esposas desconheciam. Estavam em minhas mãos. Já os homens que me ofereceram abrigo me roubaram, os que prometeram casamento sumiram, e os que me ajudaram na fuga da Europa me estupraram no navio. Os que me protegeram cobraram caro. Os clientes, ah... os clientes, estes sim, me amaram. *Oy, oy*, a minha alma dói. *Oy vay iz miyr*. Que mal eu fiz?

Anna pegou o maço de dinheiro na gaveta do criado mudo, conferiu nota por nota e guardou novamente. Pegou um livro ao acaso entre os que estavam dentro da caixa ainda aberta. Era um livro de Sholem Aleichem escrito em *yidishe*. Ela leu o título: *Vida Eterna*, e a primeira frase:

Se você quiser eu vou contar uma história de como certa vez eu carreguei um fardo e cheguei perto, muito perto, da desgraça.

CAPÍTULO 3

A caminho do Brasil

Estação de trem em Ede-Wageningen, Holanda, 1938

Anna Lea chegou à estação ferroviária de Ede-Wageningen tropeçando nos próprios pés, ladeada pelo Professor Mendel Litvak e sua esposa Judith. A poucos passos vinha Jos, o filho do casal Litvak, que seguia o grupo. Anna Lea quase caiu ao esbarrar em uma das centenas de bicicletas estacionadas à espera dos donos. Teria caído, não fosse amparada pelas mãos firmes do Professor Litvak que a conduziu até a plataforma. Anna buscava alguma segurança agarrada ao braço de Judith. O Professor colocou um maço de notas de dólares nas mãos de Anna Lea e despediu-se, evitando olhar para os olhos da menina que completara 18 anos havia poucas semanas. Judith abraçou Anna Lea e lhe entregou um farnel com sanduíches para a viagem. Murmurou palavras de conforto, insuficientes para remover o medo estampado no rosto da menina.

Jos, pouco mais jovem que Anna, puxava um carrinho com as duas caixas de livros que a menina insistia em levar consigo para o Brasil. Ao entrar no trem, Anna carregava a valise com roupas e o farnel. Jos a auxiliou na acomodação das caixas com os livros próximos à porta do vagão. O maquinista subiu no estribo da locomotiva e soprou o apito de som agudo informando a partida inevitável. Jos e Anna Lea subiram pelo degrau mais alto que dava acesso ao vagão segunda classe e procuraram os assentos livres onde se acomodaram para fazer o trajeto de Ede-Wageningen até a Estação Central de Amsterdam. Anna Lea estava aterrorizada por saber que seguiria sozinha para o porto de Gênova via Marselha e de lá para Santos no Brasil, um local remoto, desconhecido.

Jos sentou ao lado de Anna Lea. Ela viu quando o Professor e a esposa se aproximaram da janela gritando palavras inaudíveis. Anna Lea acenou enquanto tentava ouvir a explicação de Jos sobre o plano de viagem.

– Você seguirá no trem internacional para Paris e de lá para Marselha, onde tomará um vapor que a levará até o porto de Gênova. No dia 20 de novembro, ao final da tarde, o navio argentino Bahia Blanca, um misto de cargueiro e navio de passageiros, sairá de Genova com destino a Buenos Aires, fazendo uma parada em Santos. Um homem irá te contatar na ponte de embarque para entregar os documentos de imigração para o Brasil.

Anna Lea expressou dúvida.

– Você já sabe quem será o noivo que vai me esperar no porto em Santos? Eu vou ter que casar? E se eu não gostar dele?

Jos respondeu enquanto penteava os seus cabelos e passava as mãos sobre as roupas.

– Eu organizei duas viagens como a sua para outras moças e sempre deu certo. Se você não quiser casar, não precisa. O combinado é que o seu pretendente a receba e a leve até São Paulo.

Lá você vai conseguir um emprego e seguirá a vida. Se gostar dele será melhor ainda, terá uma família para começar a vida no Brasil. Nenhuma das moças que eu enviei se arrependeu. Pense bem, afinal qual é a sua alternativa?

Anna tentou, sem sucesso, abrir a janela, desistiu ao ver que o trem ganhava movimento. Seguiu ao lado de Jos sem pronunciar palavra. Na viagem entre Ede-Wageningen e Amsterdam, teve tempo para pensar na vida que teve em Lodz. Era feliz, não imaginava que pudesse experimentar uma situação de refugiada, sem pátria, sem família, absolutamente sozinha.

A estação central de Amsterdam estava lotada quando os dois desembarcaram e seguiram até a plataforma dos trens internacionais. Anna viu quando um homem se aproximou de Jos e entregou-lhe as passagens. Jos repassou os bilhetes para Anna Lea e a ajudou a embarcar com as caixas de livros. Assim Jos despediu-se de Anna que se sentou na poltrona ao lado da janela. Pensava em Lodz, na família de quem nunca mais teve notícias, no Professor Litvak, em Judith e no futuro marido.

Soou um apito do condutor que, pendurado à porta, buscava passageiros retardatários. O apito soou duas outras vezes e os últimos passageiros embarcaram. O trem deixou a estação e venceu a inércia, diferente de Anna que, da poltrona, tentava agarrar-se à paisagem que passava pela janela do trem rompendo o passado. Ainda se podia ouvir o som do trem se afastando, enquanto na plataforma todos se dispersaram, exceto duas pessoas. Um homem se aproximou de Jos e entregou-lhe um pacote com dinheiro conferido nota por nota. Estava consumada a transação.

O Professor Litvak e Judith pedalavam, lado a lado, em direção ao centro da cidade. Sem trocar palavra, pensavam em Anna, na sua chegada em busca de abrigo, fugindo de Lodz. Nos anos que passou junto dos Litvak, a menina fez parte da família. Falaram sobre o pai de Anna Lea, um dos tantos amigos dos quais nunca mais tiveram notícias. Pensavam com preocupação na situação dos professores judeus da Universidade de Wageningen ameaçados. Judith comentou.

– Que bom que Jos teve a iniciativa de negociar a viagem para Anna Lea.

– Sim querida, o nosso filho tem atitudes de coragem.

Navio Baia Blanca, Gênova, Itália

Anna Lea desembarcou no porto de Gênova, vinda de Marselha. Na manhã do dia 20 de novembro de 1938 avistou o navio Bahia Blanca atracado. Seu olhar escalou a parede de ferro do costado do navio sem conseguir enxergar o convés. Carregadores ofereciam serviços no local de embarque, ao lado da ponte dos passageiros. Anna pediu ajuda a um deles para carregar as caixas de livros e deu-lhe algumas moedas em troca. Por fim, sentou-se sobre uma das caixas, protegeu-se do vento com um xale de lã e comeu a última fatia do pão com queijo que Judith lhe dera para a viagem. No meio da tarde, a movimentação aumentou, as cargas, os carregadores e alguns poucos passageiros se aglomeraram no local do embarque, entre eles quatro moças aparentando a mesma idade de Anna. Às 16 horas o embarque foi aberto e os passageiros apresentaram os documentos para um marinheiro que falava espanhol com sotaque portenho. As cinco moças traziam nos rostos a mesma máscara de medo e carregavam um olhar assustado como se a esperar por alguém. As jovens se aglutinaram instintivamente como fazem animais acuados para se defender.

Um marinheiro vestindo uniforme roto, esgarçado pelo tempo, aproximou-se delas depois que todos os passageiros já haviam embarcado. Conversou com cada uma das quatro moças e por fim chamou pelo nome de Anna Lea. O tipo mambembe perguntou se ela falava alemão, *yidishe* ou polaco. Anna respondeu em alemão misturado com *yidishe* e recebeu um envelope com os documentos que deveria apresentar para entrar no Brasil, e a seguir foi orientada para chegar na cabine 18.

Anna falou sobre as duas caixas que precisariam ser levadas a bordo.

Isto não é viagem de turismo! – O homem resmungou contrariado, antes de chamar um carregador que fez o serviço, pelo qual Anna pagou com as moedas que restaram depois de seguir as instruções acessando o navio, tão roto quanto o uniforme do marinheiro.

O cargueiro tinha poucas cabines adaptadas para enfiar os passageiros. Anna se perdeu no corredor que fedia a mofo, sua cabeça girava ao passar pelas portas idênticas com a numeração quase apagada. Acalmou-se quando encontrou a cabine 18 e entrou no espaço já ocupado pelas quatro moças, as mesmas que estavam no cais. Colchonetes estavam encostados na parede da estreita cabine, cujo teto baixo não permitia que as passageiras se movimentassem. Não havia banheiro ou ventilação, apenas uma janela redonda com o vidro sujo que dava para o corredor. As moças trocaram olhares e Anna Lea entrou sem falar, envolvida pelo cheiro ruim que marcava o ambiente. Viu as duas caixas de livros deixadas no corredor, ao lado da porta da cabine.

O navio Bahia Blanca zarpou à noite e seguiu para o sul. As moças se apresentaram umas às outras. Miriam vinha da Lituânia, Guita da Polônia, Beila e Malke da Bielorússia. Falavam idiomas diferentes, o *yidishe*, o russo, e algum alemão. Compartilharam histórias parecidas, todas iriam encontrar um noivo no Brasil e traziam esperança desconfiada no olhar. Uma delas, Guita, falou baixo.

– Um noivo... pois sim, vocês estão sonhando!

À noite foram acordadas por um homem que entrou sem cerimônias, apresentou-se como Otmar, cheirava a álcool e cigarro e foi objetivo na instrução.

– Vocês só devem sair da cabine em caso de necessidade de usar a toalete que fica no final do corredor e devem limpar o local. As refeições serão feitas na cozinha, no outro extremo do corredor, e deve ser limpa duas vezes ao dia. Vocês serão chamadas para conversar, durante a viagem, para receber instruções de desembarque no Brasil. Agora, se quiserem, podem ir jantar na cozinha.

Ao sair, Otmar olhou detidamente para Miriam e entrou na cabine ao lado da porta de acesso ao convés. As moças viram um rosto grudado, por alguns segundos, no vidro redondo e sujo. Elas aguardaram antes de seguirem para a cozinha, um cômodo onde cabia um fogão, sobre o qual havia uma panela com algo parecido com uma sopa. Fria. Tentaram acender o fogo, mas não conseguiram. Comeram em pé, lavaram as louças e voltaram para a cabine. Anna Lea pensava na viagem e na chegada ao Brasil.

Noivo desconhecido, país cheio de índios e cobras, língua estranha. Sou uma desterrada, não sei se algum dia terei lugar para me sentir segura. Estou fugindo, perseguida, vigiada, espoliada.

Anna olhou para os rostos das outras moças, iluminados pela luz que vazava da janela suja. Todas, acordadas, talvez pensassem o mesmo que ela. As cinco se puseram sentadas no chão ao ouvirem a porta se abrir. Otmar entrou cambaleando, encostou-se no batente da porta e chamou por Miriam, a quem arrastou para fora da cabine. Saiu deixando rastro de álcool e fumo, puxando a menina pelo braço.

Naquela noite, Miriam não retornou. Pela manhã, Anna a encontrou sentada no chão do banheiro. Não disse uma palavra quando Anna encontrou um pano que umedeceu na torneira e limpou o corpo da maneira possível. As cinco moças permaneceram em silêncio por todo o dia.

Na segunda noite, Otmar voltou acompanhado de outro homem. Ambos alcoolizados, riam e falavam alto. Desta vez levaram Anna e Guita, que ainda teve tempo de falar, antes do choro:

– Os nossos noivos chegaram!

Só então a viagem de Anna teve início.

CAPÍTULO 4

Na casa do Professor, Wageningen, 1941

– Bom apetite, Judith. – Mendel falou enquanto a esposa lhe servia um prato de sopa.

– Fiz a sopa com os legumes que consegui comprar na feira. Teimosos, os produtores armaram as bancas em meio aos escombros da igreja. Estão com medo. – Comentou Judith, segurando a travessa quente envolta no avental a proteger-lhe as mãos.

– Para aqueles que duvidavam da cordialidade dos alemães, eles chegaram – comentou Mendel – mas eu não esperava que destruíssem Rotterdam. O porto e a cidade foram bombardeados, morreu muita gente.

Judith colocou os talheres sobre a mesa, sentou-se em frente do marido e comentou.

– O nosso depósito de mantimentos está quase vazio. Por quanto tempo vamos conviver com o racionamento? Será que deveríamos ir embora?

A pergunta ficou no ar. Ela se levantou e parou ao lado da mesa de refeições, onde havia duas cadeiras na frente de uma janela por onde se podia avistar o canal. Era possível observar as pequenas embarcações atracadas no ponto mais próximo do centro de Wageningen, onde uma embarcação poderia chegar. A claridade invernal entrava pela vidraça e mal iluminava o ambiente. Da sala, uma porta se abria para um cômodo sem janelas e com o pé direito alto. Lá a família Litvak guardava mantimentos, mantendo o costume dos antigos habitantes da cidade. No centro do cômodo havia ganchos e redes amarradas ao teto por meio de cordas que mantinham suspensos os embutidos de carne e os sacos com cereais. Isso evitava que os pequenos roedores conseguissem alcançar os alimentos. Tudo como nos velhos tempos, como Judith e Mendel gostavam de dizer. Outra porta dava acesso a uma escada estreita e inclinada que conduzia aos quartos.

Na casa que o Professor Mendel Jacobson Litvak comprara com as economias do salário de professor, a família preservava os hábitos dos moradores antigos da Holanda, que incluíam a prática com os instrumentos musicais tradicionais, uma gaita de fole que o Professor tocava e os dois acordeões de Judith, utilizados nas aulas para as crianças da escola de música. O casal tocava em festivais de música tradicional e vivia à cata de partituras antigas. A casa era uma construção com mais de duzentos anos e a família decidiu recuperar a estrutura original. Lá nasceu o único filho do casal, Jos, e lá morou Anna Lea, nos últimos dois anos, filha do amigo Saul Sztajn, professor de química na Universidade livre da Polônia, em Lodz. Saul achou melhor tirar Anna Lea de Lodz, prevendo a invasão dos alemães. Os dois Professores, Mendel e Saul, se conheciam desde a juventude, estudaram juntos na Universidade na Alemanha e se encontravam duas vezes ao ano, uma no congresso da Sociedade Científica de Química e outra nas férias de verão na ilha alemã de Rugen, sempre no mesmo pequeno hotel, na cidade de Sellin. Amigos, ambos passavam dias a conversar sobre filosofia, música, poesia e tudo o que não lembrasse química. Conversas animadas por doses de genever levadas por Mendel, e incontáveis garrafas de vinho.

A entrada da casa da família Litvak ficava cinco degraus acima do nível da rua, assim desenhada para protegê-la das enchentes que ficaram raras depois da construção do sistema controlado por meio de comportas e pelo dique de Wageningen. Ao lado da escada, fora da casa, havia um espaço que abrigava as quatro bicicletas utilizadas pela família, que incluía Anna Lea.

– O depósito de alimentos está quase vazio. – Judith comentou – Tome a sopa enquanto está quente. Eu vou me sentar na cadeira ao lado da janela para esperar por Jos que deve chegar depois do escurecer.

O Professor argumentou.

– Judith, hoje o dia está escuro e chuvoso, nós nem sabemos se Jos aparecerá, relaxe um pouco. As coisas estão complicadas para transitar entre as cidades, especialmente para Jos, que é procurado – Mendel levantou-se, abraçou Judith e continuou – Tudo anda difícil por aqui. Correm boatos de que vou perder o emprego na Universidade, que teremos que declarar a origem não ariana, mesmo que todos saibam que somos judeus. Eu evitei te incomodar com essas notícias, mas é melhor que saiba por mim. Eu não poderei mais usar o meu laboratório de pesquisas sem a presença de um responsável ariano, o que quer que isto signifique.

Judith virou-se, olhou nos olhos do marido e disparou.

– Ridículo! Um laboratório que você construiu ao longo de vinte anos de trabalho.

– Pelo menos ainda posso dar aulas. Venha. Vamos terminar o jantar.

Mendel acariciou o rosto da mulher. Judith preferiu sentar-se à frente da janela e pôs-se a limpar os instrumentos musicais que utilizava nas aulas de musicalização de crianças. Mentalizava o rosto de Jos a quem não encontrava havia meses. Falava enquanto lustrava o teclado do acordeom.

– Os vizinhos, mesmo aqueles que não falavam conosco, ficaram gratos com a atitude de Jos, no dia da evacuação da cidade. Ele foi o líder da fuga da população civil de Wageningen, quando os alemães chegaram. Nem sei como Jos conseguiu arranjar as 32 barcaças para acomodar centenas de pessoas em fuga, entrando pelo Rio Reno. Jos ficou marcado pelos alemães. .

– Jos agiu com uma calma que me surpreendeu. Transmitiu segurança para todos. Teve a ajuda do amigo Cornelius van der Meer. Foi ele quem arranjou os barcos. É um marinheiro, navega por todos os cantos dos estuários entre Rotterdam e Antuérpia.

Judith olhou para o esposo.

– O nosso filho é considerado um herói, mas eu quero um herói vivo.

Dias depois da evacuação da população, Jos liderou o grupo que entrou na cidade para avaliar as condições de segurança. O pastor da igreja local negociou com os alemães a volta dos 13 mil habitantes da cidade. A preocupação do casal Litvak tinha chegado ao máximo. Tantos fatos acontecendo ao mesmo tempo: A fuga de Jos, a viagem de Anna Lea, o emprego do Professor em risco, o bombardeio de Rotterdam, a chegada dos alemães, o paradeiro do Professor Saul Sztajn.

– Eu sabia que os Professores judeus da Universidade Livre da Polônia, foram presos. Eu menti para Anna Lea. Na verdade não temos notícias de Saul desde que a Polônia foi invadida, em setembro de 1939, Mendel comentou.

– Você mentiu o tempo todo para preservar Anna, disse Judith.

– Há boatos sobre assassinatos em massa e uso experimental de gás em caminhões chamados de caminhões de limpeza. Creio que Saul esteja morto.

Judith fez um acorde menor no pequeno acordeão, antes de falar.

– Ao menos Anna Lea está a salvo. Jos conseguiu embarcá-la para o Brasil – falou Judith –, todos na cidade reconhecem que Jos é um herói!

– Jos é um herói e está vivo! Mas até quando? O professor repetiu a fala da esposa.

Judith pressionou as teclas do acordeom entoando um acorde tenso.

– E Anna Lea, será que está bem? Conseguiu um marido? Só recebemos uma carta dela desde que seguiu para o Brasil.

– Os ingleses costumam dizer, *no news means good news*. Ela deve estar viva. Pena que não poderei contar a boa nova para o seu pai, em Lodz, respondeu o professor, que silenciou quando sons de vozes, na rua, lhe chamaram a atenção.

Viu, pela janela, o grupo de jovens que formavam um bloco ao longo do canal anunciando uma passeata dos nacional-socialistas holandeses. Jovens com botas pretas gritavam palavras de ordem e pisavam forte nas pedras da rua, anunciando o novo tempo de prosperidade para a Europa unificada pelo nazismo.

Hou Zee - Mantenham a marcha! Gritavam e repetiam a saudação nazista, em holandês. Inflamados, diziam que não haveria mais corrupção, que os comunistas seriam eliminados e que as famílias arianas seriam defendidas. As vozes aumentaram de volume conforme o grupo se aproximou. Parecia que estavam dentro da sala quando passaram pela casa. O som diminuiu de intensidade à medida que o grupo se afastou em direção ao centro da cidade. O casal não respirava, enquanto ouvia atemorizado. As vozes diminuíram até cessar, como uma orquestra que ao terminar uma frase musical explora o vazio. O casal Litvak, imóvel, ouvia o silêncio, o rastro da passeata podia ser sentido pelo tato. Judith segurava o pano que usou para limpar o acordeom e a gaita de fole do Professor, que por sua vez segurava a colher de sopa no ar, como se tivesse recebido uma rajada de vento do Mar do Norte, quando comentou.

– Na semana passada me impediram de entrar no meu próprio laboratório e eu soube que surraram um professor ligado ao movimento socialista. Não se pode mais pensar livremente, perderam toda a razão. Vão fazer aqui o mesmo que fizeram nas lojas dos judeus em Berlim e em toda a Alemanha no dia 9 de novembro, três anos atrás.

Um ruído na entrada da casa causou sobressalto ao casal. O Professor levantou-se e Judith largou o pano. Ambos correram para a porta.

– Jos chegou! – exclamou Judith abrindo a porta.

O sorriso de Judith derreteu quando ela abriu a porta e se deparou com dois jovens trajando camisetas e calçando botas negras. Ouviu a saudação de praxe.

– *Hou Zee*! – E perguntaram – Aqui mora Jos Litvak? Queremos falar com ele! – Judith recuou um passo e respondeu.

– Jos é meu filho. Ele morava nesta casa, mas nós não temos notícia dele. Faz meses que não sabemos do seu paradeiro.

Os jovens, com poucos pelos no rosto, bateram os calcanhares e se despediram com postura militar. Judith, aterrorizada, voltou para a sala de jantar, sentou-se à mesa e continuou a limpar os instrumentos musicais, enquanto o Professor seguiu a tomar a sopa fria. O silêncio do casal combinava com a garoa fina que formava pequenas gotas nos vidros da janela da sala, gotas que inflavam e escorriam vidro abaixo. Judith sentou-se na poltrona que os recebia a cada entardecer, ficou imóvel e em silêncio, a olhar a rua e o canal. Foi pela janela que avistou a imagem embaçada de dois homens, acenando, do lado de fora.

– Agora é ele mesmo, Jos! – exclamou Judith que correu para abrir a porta.

Jos e o amigo Cornelius, um homem que aparentava o dobro da idade de Jos, era alto e tinha a pele curtida pelo mar, entraram na casa. O jovem beijou e abraçou demoradamente a mãe, beijou o pai e apresentou-lhes.

– Este é meu amigo, Cornelius van der Meer.

Antes da invasão alemã, Jos havia decidido trabalhar no transporte entre os portos de Rotterdam e Antuérpia. Por três anos levava vida independente, rompido com o pai que desejava que ele estudasse. Cornelius era uma espécie de sócio, dono de duas embarcações e conhecedor de todos os braços do estuário, desde o porto de Antuérpia, no Rio Schelde, entre a França, Bélgica e Holanda, até o porto de Rotterdam.

Jos tirou a capa que o protegia da chuva. Tinha o corpo musculoso, levemente obeso, adornado por cabelos loiros caídos em cachos sobre a testa. A roupa revelava um híbrido de dândi e arqueólogo explorador, elegante o suficiente para encantar os olhares femininos e rústico o suficiente para levar a vida clandestina da resistência. Os anéis e a corrente de ouro davam um toque final, acentuado por certa arrogância no falar. O mundo lhe pertencia.

– Conte um pouco de você. – Pediu Judith, em voz sussurrada, ao filho, ao que o rapaz respondeu.

– Sei que todos falam do meu trabalho com os barcos, ajudando a fuga da população da cidade. Eu mereço o reconhecimento, ainda que o Cornelius tenha me ajudado muito. O povo agora me reconhece e gosta de mim.

Enquanto falava, Jos olhava a própria imagem refletida no espelho oval pendurado na parede, sobre a cômoda da sala. Cornelius, em pé no canto da sala, tirava a capa de chuva e observava, sem nada dizer.

Judith trouxe dois pratos, aqueceu a sopa e colocou a travessa sobre a mesa. Cornelius correu a sentar-se e comeu com modos de marinheiro solitário que era, fazendo todos os ruídos proibidos pela boa educação.

– Uma delícia! – Exclamava entre uma e outra colherada que esvaziara o prato. Enquanto o amigo se fartava, Jos caminhou pela casa, mirou-se no espelho, arrumou detalhes das roupas e alisou o cabelo. Só então sentou-se à mesa sob o olhar do Professor e de Judith, que lhe serviu um prato de sopa. A mãe perguntou, fitando os olhos do filho.

– Nos conte como foram estes meses depois da invasão. Onde é o seu paradeiro? Será que você foi visto a andar pela cidade?

– Eu planejei tudo e nada deu, nem dará, errado. Sei como lidar com estes nazistas aprendizes de soldado. Esperei que os botas-negras passassem, vi quando bateram na nossa porta, possivelmente procurando por mim. Você acha que estes dinossauros podem me achar? Nunca! Falou Jos sob o olhar de Cornelius que o ouviu em silêncio, mantendo a atenção no prato de sopa. A mãe queria saber mais.

– Vamos, fale. Onde você mora? Alguém te ajuda?

– Durante o bombardeio eu estava em Rotterdam, junto com o Cornelius, que me apresentou aos amigos da resistência. Tudo o que fazemos é viajar entre Rotterdam e Antuérpia, levando gente, trazendo alimentos e remédios, ajudando na fuga de judeus, comunistas, ciganos, intelectuais, homossexuais e quem mais precisar. Ninguém desconfia do barco de Cornelius.

O Professor se dirigiu a Cornelius.

– E você, Cornelius, como se envolveu com a resistência?

Jos não deixou que o amigo respondesse, tomou a palavra e prosseguiu.

– Cornelius é um bom amigo, mora perto de Antuérpia, à margem do Rio Schelde, domina o holandês, o francês, o espanhol e o alemão e me apresentou ao grupo da Frente Socialista pela Independência. Temos atuado no jornal *A Bélgica Livre*. Deixamos os alemães loucos. Se estivermos nos barcos eles não vão nos encontrar ainda que estejam construindo fortificações ao longo do estuário do Rio Schelde. Todos nas forças de resistência já ouviram falar no nome de Jos Litvak, especialmente as mulheres. – Jos deu uma sonora gargalhada, interrompida por Judith que perguntou por Anna Lea.

– Ah sim, Anna Lea. Ela chegou em segurança ao Brasil e eu soube que conseguiu um emprego seguro. Se ela se casou eu não sei. A minha parte eu fiz, como tenho feito para muitas moças das famílias de refugiados. Sabe, é mais fácil ajudá-las sozinhas do que se estiverem com a família.

Judith quis saber mais. – Você sabe se ela precisa de dinheiro? Será que está bem? Eu me sinto responsável por ela.

Jos respondeu. – Ela é jovem e bonita, garanto que está bem.

O Professor ouviu os comentários e quis saber mais sobre Cornelius.

– E vocês, como vocês têm sobrevivido?

O marinheiro se antecipou a Jos, que sorvia uma colherada de sopa, e com voz rouca comentou.

– A vida no barco sempre foi suficiente para um velho marinheiro. Na verdade, eu nasci num barco. Minha vida é simples, eu tenho tudo o que preciso porque preciso de pouco para viver. A parceria com o Jos é boa porque ele cuida dos negócios, o que eu não gosto de fazer, e eu navego em segurança.

O Professor explicou-lhes a situação da Universidade.

– Segurança é algo que não temos faz muito tempo. O cerco está apertando. Em breve eu perderei o emprego de mais de vinte anos e hoje já não sou o responsável pelo laboratório que eu mesmo criei.

Judith desandou a falar.

– Os judeus foram banidos, não podem mais trabalhar nos mercados em Amsterdam, precisamos portar uma identidade especial, quem tinha terra agrícola vendeu por qualquer preço antes de serem expropriados e não podemos mais usar as piscinas públicas.

Jos levantou-se e falou calmamente. – *Verboden voor joden.*[2] – E foi buscar um pacote no bolso do casaco que entregou para o Professor. Este ao abrir viu um maço de dólares – É para vocês, pai. As coisas vão demorar para melhorar. Cuidem-se bem e não se exponham. Em caso extremo entrem em contato com o grupo do centro de resistência Wolfwaard. Eles têm ajudado os judeus. Eu e Cornelius precisamos seguir de volta para a embarcação, e não sei quando voltarei para vê-los. Se as coisas apertarem podemos pensar em uma rota de fuga para vocês.

O pai respondeu.

– Não vamos sair daqui. A história da nossa família, nos últimos cem anos, é uma história de fugas com idas e vindas entre Vilna, Lodz e Amsterdam. Quando os pogroms batiam em Lodz, nossa família fugia para Vilna. Quando os pogroms batiam em Vilna, a nossa família fugia para Amsterdam, até que por aqui nossos antepassados ficaram. Eu gosto da Holanda e aqui vou ficar até que os alemães desistam. Daqui eles só querem os portos, pois não existe mais nada na Holanda, além dos holandeses.

Jos beijou a mãe e o pai e se dirigiu para a porta da casa. Cornelius saiu na frente, vistoriou a situação da rua e voltou informando que tudo estava bem, agradeceu pela acolhida e ambos seguiram na direção do canal.

Judith se pôs a lavar os pratos depois da saída de Jos e Cornelius, enquanto o Professor Litvak lia na poltrona da sala. Judith mergulhou na sua mente enquanto as suas mãos agiam de forma mecânica.

---

2. Proibido para Judeus.

Que mundo fomos capazes de construir? As pessoas perderam o direito de pensar livremente, ter livros em casa pode ser perigoso. Vejo ideias e notícias falsas correrem de boca em boca até que viram verdades. Mendel, que sempre foi tão amigo dos professores, está impedido de trabalhar. Algumas crianças abandonaram as minhas aulas de música, nenhuma razão foi alegada, mas eu sei a razão. Amigos perderam tudo o que tinham por causa da sua origem, pela sua escolha de ideais, pela sua forma de viver. Tiranos apareceram por todos os cantos do mundo civilizado, a mentira virou verdade, o bom virou mau, o amigo, inimigo. Que mundo é este que criamos?

O pensamento de Judith foi interrompido pela voz do esposo.
– Judith, vou subir para o quarto. Você não vem?

CAPÍTULO 5

Na Resistência, 1941

Cornelius, um humanista radical

– O *Veza* está pronto para partir. Sairemos de madrugada, a tempo de chegarmos em Rotterdam ao final do dia. Vamos carregar o barco e buscar as instruções com o comando da resistência, e à noite retornaremos para Antuérpia. – Comentou Cornelius que prosseguiu orientando Jos – Lembre-se das regras, não leve objetos suspeitos e fique calmo, caso sejamos abordados. Eles estão se instalando ao longo do estuário do Rio Schelde, portanto seremos observados em vários pontos durante a viagem. Os alemães acreditam que sou um marinheiro simpatizante, o *Veza* é conhecido deles.

Ao falar, Cornelius limpava a graxa das mãos, sem perceber que Jos cochilava na poltrona da sala, aquecido pela lareira, com a cabeça repousada no colo de Bela, uma colega da resistência. A casa de Cornelius, à margem do rio Schelde, ficava em local elevado o suficiente para protegê-la das cheias do rio, de onde se podia observar o movimento dos barcos que passavam ao largo. A casa era pouco mais do que um abrigo: sala, cozinha, o quarto de Cornelius e o segundo quarto, eventualmente ocupado por Jos ou por algum outro visitante. Lá se reuniam os jovens do movimento de resistência. Conforme o protocolo de segurança, um deles ficava na janela da sala para monitorar os barcos em trânsito pelo rio. Olhando na direção em que o rio faz uma curva suave, o observador avistaria as luzes da vila de Bocht van Bath. Uma escada de madeira ligava a casa ao cais, por meio de uma plataforma flutuante larga o bastante para acomodar três barcos de pequeno porte. O *Veza*, o barco preferido de Cornelius, tinha um ponto privilegiado de atracação.

Sentado à janela, Cornelius preparava o cachimbo: com a chegada desse menino Jos, os negócios melhoraram. Ele deixou a família em Wageningen, liderou a fuga dos moradores na véspera da invasão alemã, é tido por herói pelos habitantes locais e é também carta marcada para os invasores que estão no seu encalço. Preciso tomar cuidado comigo e com ele, porque o rapaz é pouco experiente.

Jos auxiliava Cornelius nos trabalhos de carga, navegando com o *Veza entre* Rotterdam e Antuérpia. Para todos os efeitos, ele era um ajudante de serviços, o que encobria a sua atuação na resistência. O jovem sabia negociar e Cornelius sabia navegar pelos meandros do rio Schelde, rio que fora desde sempre a sua casa.

– Acorde, marinheiro. – exclamou Cornelius ao ver que Jos dormitava. – Que navegador é você? Nem parece o herói de Wageningen, que salva a vida de jovens aflitas e desamparadas e as enfia nos navios que se atrevem a navegar para a América do Sul. Por sinal, você soube que os alemães têm atacado navios nas rotas do Atlântico?

– Nem me preocupo. – Disse Jos.

– Pois deveria preocupar-se. No mês passado dois cargueiros foram a pique na costa da Carolina do Norte.

Jos espreguiçou-se ao ouvir outra pergunta de Cornelius enquanto acariciava as pernas de Bela, que se esquivava sem muito empenho.

– Você teve notícias de Anna Lea? Afinal vocês dois eram como irmãos.

– Ela chegou ao destino. Está em São Paulo, tal como outras meninas que eu enviei e que encontraram abrigo por lá. Anna saiu da Holanda em hora boa, tudo ficou difícil com a presença deles – respondeu Jos, andando em direção ao banheiro, onde parou para admirar a própria imagem refletida no espelho, e completou: – eu soube que Anna Lea leva uma vida boa, está aproveitando o sol tropical.

– Bom para ela. – Disse Cornelius, dedicado ao trabalho de acender o cachimbo que segurava com a mão calejada. A fumaça envolveu o seu rosto anguloso de pele enrugada qual pergaminho. Depois, serviu-se de uma dose dupla de genever e sentou-se à escrivaninha, dando as costas para a estante de livros que eram muitos, de diferentes origens, autores e encadernações, alguns escritos em alemão outros em inglês, holandês e espanhol, ordenados por autor, todos com uma etiqueta na lombada.

Quando em terra, o marinheiro Cornelius passava o tempo a cuidar do *Veza*, a monitorar o movimento dos barcos, a organizar os livros, ler e escrever cartas, além de receber jovens para discutir política e filosofia. Sobre a escrivaninha mantinha duas pilhas de cartas ordenadas cronologicamente. Cornelius pegou a que encimava uma das pilhas.

– Estou preparando material para a próxima discussão do grupo de resistentes. Estes jovens precisam saber o que ocorre no resto do mundo. Bela, você já ouviu falar em Stefan Zweig?
– Não tenho ideia. – Respondeu a jovem, que se levantou do sofá e foi preparar um chá.
– É um dos escritores com quem eu me correspondo. Fugiu para o Brasil com Lotte, sua mulher. Recebi esta carta de Lotte contando como foram bem recebidos pelos intelectuais no Rio de Janeiro. Lá faz muito calor. Escolheram viver em uma cidade próxima chamada Petrópolis. Simpáticos, ambos respondem às minhas cartas, trocamos impressões sobre o mundo polarizado em que vivemos e eles sequer me conhecem. Um dia ainda vou visitá-los o Brasil.

Cornelius leu em voz alta a carta de Lotte, escrita em alemão e postada com nome falso. Bela ouviu, atenta.

Zweig viaja como um louco entre Nova Yorque, Buenos Aires e o Rio de Janeiro, dando palestras. Parece querer agarrar-se à vida, mas a nossa vida é diferente daquela que vivíamos na Europa. Voltar não poderemos enquanto durar essa loucura de guerra.

Cornelius interrompeu a leitura e comentou.

– Zweig é pacifista como eu. Para sobreviver resolveu escrever a autobiografia e um segundo livro onde relata a vida de Américo Vespúcio.

– Coisas tão diferentes. Nada a ver um tema com o outro. – Comentou Bela.

– Na última carta, disse ter encontrado local para morar, um pequeno chalé em Petrópolis com ambiente propício para escrever as memórias. Estava ansioso, pois as suas anotações originais ficaram na Inglaterra porque foi obrigado a viajar às pressas.

Eu anotei o endereço para enviar as cartas que planejo escrever: Rua Gonçalves Dias, 34, Petrópolis. Estou tentando um contato com a minha amiga em Londres, que talvez possa encontrar as anotações de Zweig.

– O seu amigo parece ser um tipo romântico. Eu bem que gostaria de conhecer um país tropical. – Comentou Bela trazendo três xícaras de chá com aroma adocicado.

– A outra carta que recebi me pareceu mais sombria – disse Cornelius. – Reflete tudo o que Zweig viveu entre a guerra e os dias atuais. Ele conheceu um mundo feliz em Viena e nunca imaginou o que iria acontecer. Não acho que o casal Zweig retornará. Lotte me confidenciou que escrever a biografia está a lhe fazer mal.

Jos aproximou-se da escrivaninha, pegou a xícara e pinçou outra carta no topo da pilha, leu alguns trechos e falou:

– Acho melhor você esperar que os submarinos alemães deixem de policiar o Atlântico. Eu não sei por quanto tempo os seus amigos sobreviverão nas selvas daquele fim de mundo. Acho que intelectuais pacifistas não têm futuro num mundo armado até os dentes. Acho melhor você esconder estas cartas e limitar-se a vigiar o rio, cuidar do barco e das operações especiais. Basta que uma carta caia em mãos erradas e adeus *Veza*, adeus Cornelius.

Jos percebeu que Cornelius se incomodou com a observação, deu uma baforada no cachimbo, levantou-se esticando o corpo longilíneo, virou o copo de genever e tomou a carta das mãos de Jos.

– Eu vou fazer as coisas que gosto ainda que tenha que me enfiar neste estuário onde eles nunca me encontrarão. Eu aprendi uma coisa, caro Jos: seja independente, nada espere dos governos e nem das ideologias. Os bolcheviques nunca me convenceram, acham que o Estado deve ser responsável por escolher a cor das suas cuecas. Muito menos me convencem os nacional-socialistas alemães que de socialistas não têm nada. Eu apenas cultivo ideias igualitárias e humanistas, alguns me chamam de socialista utópico, radical, e eu acho que sou.

– Você é um sonhador, não renega um debate – falou Jos. – Tome cuidado com o humanismo e esta sua tendência de ouvir ideias contrárias. Saiba que isto incomoda as pessoas que preferem um ditador de plantão.

Cornelius respondeu enquanto Bela ouvia pensativa.

– Eu não saberia fazer de outro modo. Nos tempos em que vivemos as pessoas preferem ouvir apenas os seus pares. São como Narcisos a admirar a própria imagem. Os escritores com quem me correspondo incomodam porque apreciam o debate das ideias, porque cultivam as dúvidas mais do que as certezas. Tanto incomodam que precisaram fugir. Ortega y Gasset fugiu de Franco, andou pela França e Argentina. Elias e Veza Canetti foram para a Inglaterra e eu não tenho recebido cartas de Elias nos últimos tempos. Espero que Zweig consiga sobreviver no Brasil.

Jos encarou Cornelius. – Você pode não receber cartas de Elias mas eu vi uma pilha de cartas com nomes femininos, possivelmente cartas camufladas de Veza, a sua amiga de Londres. – Disse Jos.

– Então você se diverte lendo as minhas cartas – Cornelius prosseguiu. – Sim, Veza adota codinomes e as cartas fazem milagres para sair da Inglaterra e atravessar o canal. O casal Canetti deve estar metido em algum buraco na Inglaterra para se proteger dos bombardeios.

Bela não perdeu a chance.

– Ah sim, as cartas fazem milagres, mas eu sinto que tem algo além de um milagre no ar, um pressentimento feminino. – E saiu retirando as xícaras vazias, sorrindo ao passar por Cornelius.

– Locais seguros não existem mais – falou Jos, redirecionando a conversa. – Os alemães lançaram foguetes de longo alcance sobre Rotterdam. Quem agiu bem foram as moças que seguiram para a América do Sul. Sobreviveram sem arranhões. Ah, o sol tropical. Vamos comigo para o Brasil, Bela? Vamos ficar dia e noite na cama, nos amando ao som da rumba.

Bela corrigiu Jos. – No Brasil não se dança rumba. Dançam samba, mas qualquer que seja o ritmo, eu gostei da ideia de ficar na cama com você.

Cornelius ordenava as correspondências quando percebeu que Jos se arrumava para sair.

– Para onde você vai? Temos que sair com o barco dentro de algumas horas.

– Vou encontrar amigos no café da estação. A filha de um comerciante de joias e quadros de Antuérpia quer seguir para o Brasil. Acontece que os navios evitam atravessar o Atlântico a não ser em missões especiais do interesse dos nazistas. Eu tenho como embarcar a moça em uma dessas viagens, se ela me pagar bem, é claro. Preciso ir até a vila. Posso pegar o barco pequeno?

– Pode, mas não esqueça o trabalho, respondeu Cornelius.

Jos observou que o amigo lia, num número da revista *The Nineteenth Century* de 1937, um artigo de Ortega y Gasset com o título *About Pacifism*. Jos leu o título e comentou.

– Tem quem acredite nisso.

Jos deixou a casa e Bela, seguindo o protocolo, aguardou alguns minutos e fez o mesmo. Cornelius retomou a leitura do texto, leu repetidas vezes as duas primeiras linhas sem conseguir registrar as ideias. A sua mente vagava.

Alguma coisa na personalidade de Jos me incomoda. Onde está a carta de Veza que responde a minha pergunta sobre a personalidade de Jos? Deixa eu ver aqui na pilha. Ah, sim, aqui está. Ela escreveu: cuidado com pessoas que se admiram muito.

Enquanto Bela, no barco que a levaria à vila de Boch van Bath, pensava.

Jos trouxe vida nova para o grupo, suas ideias motivaram as ações da resistência, mas os meninos estão enciumados e as minhas amigas querem se achegar a ele. Jos pode ser tudo, menos discreto. Quer ser admirado. Sinto que é um homem perigoso, mas eu quero correr o risco.

Na estação de trem de Bocht van Bath, os dois bancos de madeira que serviam aos passageiros estavam vazios, o ramal não era utilizado desde a invasão. Só o bar se mantinha ativo, com cinco mesas de madeira para os encontros da confraria de velhos marinheiros que ali se reuniam ao final das tardes. O relógio fixo na parede externa da estação marcava cinco horas da tarde no momento em que Jos e Bela atracaram a algumas centenas de metros da vila. Ao desembarcarem, Bela separou-se sem se despedir.

A vila fora um posto de comércio onde barcos carregados paravam e distribuíam a carga entre outros menores que seguiam para Antuérpia. Parte das mercadorias ia à garagem dos trens e eram embarcadas para as cidades ao longo da via férrea. Todos sabiam, mas nada falavam, do boicote às tropas invasoras organizado pelos operadores dos trens. Mesmo com pouco movimento, o café funcionava. Com ou sem trens, haveria alguém bebendo. Jos entrou e observou o grupo a discutir o assunto do momento: a invasão. Jos cumprimentou o homem encapotado que esperava por ele à mesa.

– Olá, Aron.

– Olá, Jos. Sabe que você ficou famoso? Todo o Reich está mobilizado na sua captura. – Falou Aron ao entregar um envelope com um nome escrito à mão: Deborah Levi.

– Parece que o trabalho na resistência me rendeu alguma fama e outro tanto de problemas. – Respondeu Jos ao abrir o envelope.

– Vamos tratar de negócios – falou Aron. – A interessada é uma moça chamada Deborah Levi e o nosso trabalho será igual ao que fizemos para Anna. O mesmo navio, a mesma rota, a data da saída do Bahia Blanca será definida e as instruções para a moça estão anotadas neste documento. O esquema será o mesmo. Ela pagará a metade do valor que você nos entregará, a outra metade será paga no embarque. Se ela aceitar me avise, o pessoal do navio exige pagamento antecipado, a sua parte será paga no dia do embarque. Quero que você vá ao encontro da jovem para se certificar de que ela se convenceu a aceitar o nosso preço. O pai dela foi comerciante de joias e de arte na Antuérpia, fugiu para a África do Sul depois de esconder uma coleção de quadros. Negocie com ela. Queremos a metade do dinheiro dentro de três dias, já que teremos que pagar adiantado para o pessoal do Baia Blanca.

– E como eu vou encontrar a moça? – Perguntou Jos.

– Ela vai chegar aqui em 30 minutos. Ganhe a confiança da menina. Se ela aceitar, eu pagarei na outra ponta antes mesmo de você receber o valor combinado. Ela mora na casa de uma tal Freddie, que trabalha na resistência escondendo fugitivos. O endereço está dentro do envelope. Eu estarei no cais em Gênova para entregar os documentos de entrada no Brasil.

Aron levantou-se, foi até o balcão, pagou a conta e saiu. Jos permaneceu à mesa, aguardando a chegada de Deborah Levi.

Quando Deborah entrou no bar, era a única mulher no local, o que chamou a atenção dos confrades. Jos acenou para ela perguntando.

– Deborah Levi?

Aliviada ao ouvir o seu nome, ela seguiu em direção à mesa postando-se na frente de Jos. Tirou a capa, removeu o gorro que lhe cobria a cabeça e soltou os cabelos vermelhos volumosos. O seu perfume expulsou, por momentos, o cheiro de cigarro barato que ocupava o espaço.

– Sim, sou Deborah – falou estendendo a mão para Jos.

A fala firme da moça surpreendeu Jos, que se deteve a observar os cabelos, olhos, corpo e o rosto de Deborah. Ela se sentou sem largar a valise, encarou Jos e falou.

– Você vai ficar me olhando? Acho que temos um assunto a tratar, não temos? – Deborah perguntou, para quebrar a imobilidade de Jos. Este arrumou os cabelos antes de responder positivamente. Só então se apresentou e começou a perguntar detalhes sobre Deborah.

– Me fale como vai pagar pelos custos da operação?

– O meu pai é, quero dizer, foi, comerciante e marchand em Antuérpia. A *kristallnacht* provocou mudanças nas nossas vidas, nos escondemos nos últimos dois anos na Bélgica e na Holanda invadidas. Antes da invasão fomos traídos por amigos que aceitaram antecipadamente o jogo dos invasores. Deborah prosseguiu. – Eu tentei ficar, mas agora sei que preciso ir embora, estou abrigada na casa de uma mulher da resistência.

Jos ouviu atento ao relato de Deborah.

– Eles fecharam o negócio da minha família, os meus pais ficaram inseguros, com medo. A coleção de arte foi roubada e só conseguimos esconder algumas obras e parte das joias que meus pais decidiram vender para pagar o plano de fuga da família, eu para o Brasil e eles para a África do Sul, onde já se encontram. Temos o bastante para custear a viagem e vai sobrar dinheiro para eu me instalar no Brasil. É tudo o que eu tenho a dizer.

Jos entendeu que haveria dinheiro para pagar pelo serviço, pensou na oportunidade de ganhar mais e propôs um plano para Deborah.

– Eu faço você chegar ao seu destino, mas não é bom que leve valores elevados na viagem, pois você pode ser roubada.

– Como eu devo proceder? – Perguntou Deborah.

– Você me passa a metade do pagamento, a outra metade você entregará para uma pessoa que te procurará no embarque. Se você tiver mais dinheiro ou joias, sugiro que não leve no navio. Eu cuidarei dos valores e farei chegar às suas mãos em segurança no Brasil.

Deborah afrouxou os braços que seguravam a valise e Jos imediatamente estendeu a mão. Deborah, num movimento rápido, se recolheu e encarou Jos com firmeza.

– Eu primeiro preciso confiar em você. Quem disse que eu aceitei seu plano?

Jos sorriu, arrumou a roupa, acendeu um cigarro e respondeu.

– Pois bem, talvez você tenha alguma opção melhor.

Deborah balançou os cabelos que lhe caíam sobre os ombros e estendeu a mão para Jos, em despedida.

– Alternativas sempre existem – disse ao se levantar. – Sei o que quero, mas é claro que tenho receio da viagem e de abandonar tudo que temos aqui. Só quero adiantar uma coisa, senhor Jos, as pessoas que me enganaram se arrependeram.

Jos levantou-se e a ajudou a vestir o sobretudo.

– Vou me aconselhar com amigos. Se você quiser ajudar me procure neste endereço, em Antuérpia, dentro de dois dias, às onze horas.

Jos, surpreso, olhou para moça que caminhou para a porta do bar. Dois dias significavam um dia a menos do que o tratado com Aron. Se eu tiver a confiança de Deborah acho que posso ganhar um bom dinheiro dos dois lados. Jos não parava de pensar em Deborah, no caminho de volta para casa. O perfume, a linha do corpo e os cabelos ficaram registrados na sua mente.

De volta ao barco, Jos seguiu rio abaixo e atracou na casa de Cornelius, onde o barco dividiu o espaço com uma embarcação que Jos não conhecia. "Alguma visita, deve ser gente da resistência." Jos subiu os degraus e cruzou com três jovens a despedir-se de Cornelius. Cumprimentaram-se com um aceno na escada. Jos entrou na casa, tirou o casaco e sentou-se na poltrona preferida ao lado da lareira.

– Bela retornou para casa?

– Não, ela está em uma missão nova.

– Missão? Que missão?

– Ela vai até o cabaré para atrair soldados nazistas que serão executados pelos meninos. Bela tem tudo para se sair bem neste papel.

– Quem eram os rapazes? – Perguntou Jos.
– Gente interessada na resistência. E a conversa com os seus amigos, rendeu?
– Acho que sim, rendeu muito. Me conte como anda a resistência. Teremos algum plano novo? – Perguntou Jos mudando o sentido da conversa.
– Sim. – Disse Cornelius – Continuaremos com a resistência passiva, interromperemos a coleta de lixo nas áreas onde fica o comando. Planejamos duas ações especiais que vão atrapalhar os planos deles.
– O que vai ser desta vez? Indagou Jos.
– Vamos destruir os documentos que contêm os nomes dos judeus, intelectuais independentes, de comunistas, socialistas, homossexuais e artistas que eles chamam de depravados e que vivem na Antuérpia e Bruxelas. Eles certamente tramam um destino, digamos especial, para os indesejáveis.
– E a outra ação?
– Vamos descarrilhar o trem que leva prisioneiros para o campo de concentração. Talvez alguns consigam fugir.
– Como eu poderei ajudar? Perguntou Jos.
– Acordando cedo para a nossa viagem até Rotterdam. Além da carga vamos receber instruções detalhadas do movimento. Serão as ações para o próximo mês.

Na madrugada, Jos e Cornelius desceram o rio em direção ao estuário, seguindo a rota para Rotterdam. Lá, planejaram ações da resistência e fizeram carregamentos de produtos para mascarar a operação. Ao retornarem para casa, Jos procurou por Aron na

Antuérpia e lhe falou do andamento do plano. Tinha certeza de que Deborah aceitaria pagar o valor combinado. Aron foi enfático.

– Para garantir a vaga da moça eu preciso pagar o pessoal do Baia Blanca hoje. Estão pressionando.

– A moça foi buscar a metade do valor – blefou Jos. – A outra metade será entregue no porto em Gênova como você pediu.

– Tudo bem. Vou confiar em você e fecharei o negócio com a tripulação do navio. Eu pagarei o valor combinado para garantir a vaga, você me devolve quando a moça entregar o dinheiro.

Aron levantou-se e saiu. Jos terminou de tomar o café e seguiu à procura do endereço deixado por Deborah. Encontrou o local com a fachada marcada por uma estrela de Davi. Embora parecesse deserta a casa, Jos bateu na porta menor, depois de alguns segundos apareceu um rapaz que lhe entregou um endereço.

Fica aqui perto. Pode bater na porta e chamar por Freddie.

Jos seguiu e parou em frente de uma casa simples, decadente, onde foi atendido por uma mulher que o convidou a entrar na antessala, e dali seguiram para o sótão. O ambiente não tinha janelas, apenas vidros fixos redondos que permitiam a entrada de luminosidade. Além da escassa mobília, havia quadros nas paredes que lhe chamaram atenção pelas cores vivas. Eram quadros assinados por W. W.

– Quadros bonitos – disse Jos para Freddie.

– Meu pai era amigo dos pais de Deborah. Estes quadros foram pintados por Wilhelm Woeller. O artista conseguiu visto para o Brasil, mas não pôde levar os quadros que meu pai escondeu neste sótão. Deborah está decidindo o que fará com as obras.

Jos observava os quadros espalhados pela sala quando Deborah entrou. Ao vê-la, Freddie deixou o sótão. Jos demorou alguns instantes para falar.

– Se quiser minha ajuda para seguir para o Brasil você precisa se apressar. O navio sairá de Gênova em breve.

Deborah aproximou-se com o dinheiro.

Jos, percebendo que Deborah aceitara, disse. – Então agora você já confia em mim.

Deborah respondeu. – Você não vai contar o dinheiro?

– Ah, sim, o dinheiro.

Jos pôs-se a contar as notas, entreolhando o corpo de Deborah. A cada movimento das mãos, Jos pensava: "Ela tem muito mais do que o valor a ser pago para Aron. E como essa mulher é linda."

Deborah aproximou-se de Jos e comentou.

– Eu vou aceitar o seu plano. Deixarei o meu dinheiro com você e quero receber tudo quando chegar em Santos. Como você fará o dinheiro chegar lá?

– Eu tenho contatos. O dinheiro não vai viajar. Basta uma mensagem e o valor estará disponível no Brasil.

Deborah ficou impressionada. Ele se aproximou e tentou pegar na mão dela, que se esquivou, dizendo:

– Vou buscar chá. Quer tomar algo?

– Aceito um chá. – Respondeu Jos.

Deborah retornou com a chávena de porcelana da China. Jos se aproximou e tocou nos seus cabelos.

– Eu não respondi que confio em você, pouco ou nada sabemos um do outro. – Falou Débora, segurando a chávena fumegante. Mais uma vez esquivou-se saindo da sala. Jos ficou imobilizado, não conhecia mulher decidida como Deborah.

Em pouco mais de uma hora, os dois conversaram, Jos falou da ligação com a resistência e sobre Cornelius. Jos sentia-se totalmente atraído por Deborah, sem pensar abraçou-a e lhe fez uma proposta.

– Por que você não fica comigo? Trabalharemos juntos na resistência.

Jos viu a surpresa no rosto de Deborah e percebeu a situação que acabara de criar, lembrou-se do negócio fechado com Aron, que por sua vez deveria ter fechado com a tripulação do Bahia Blanca.

Deborah confiou, ambos se abraçaram e Jos a conduziu em movimentos lentos. Deitados no chão do sótão contemplavam as paredes forradas por obras de arte. Entre os quadros corrompidos de W. W., Deborah ajoelhou-se sobre o corpo de Jos que sorveu todos os seus perfumes. Jos só saiu do torpor ao lembrar-se do trato com Aron, vestiu-se com pressa e saiu.

Correu a procurar por Aron que o recebeu com surpresa.

– Ora, não pensei em te encontrar antes do prazo. Já sei, tem mais alguma candidata para a viagem?

– Não. Na verdade, eu vim para e desfazer o negócio. A moça desistiu na última hora.

– O quê? Desistiu? Você acha que sou estúpido? O pagamento já seguiu adiante, nem que eu quisesse poderia voltar atrás. Saiba que se a outra parte do pagamento não estiver nas minhas mãos em Gênova como combinado você vai se arrepender, será um homem morto.

Jos voltou ao endereço de Deborah, tentou urdir um novo plano. Propôs que se encontrassem no navio no qual ambos seguiriam para o Brasil. Debora nem teve tempo para reagir. Estava entorpecida com a agilidade e beleza de Jos.

– Vamos juntos para o Brasil. Deixe todo o seu dinheiro comigo. Este envelope tem instruções para você seguir até Gênova. Lá uma pessoa irá te identificar, você fará o pagamento da segunda parte com o dinheiro que deixo com você e eu estarei te esperando dentro do navio.

– Jos, agora sim, confio em você. – Disse a moça, puxando Jos para o mesmo tapete no chão.

Jos retornou para a casa de Cornelius. Pelo caminho a euforia do encontro se dissolveu em sua mente. Ele subiu os degraus carregando o pacote com o dinheiro.

Fiz um bom negócio com Deborah. Ela é linda! Mas aqui eu posso ganhar mais, acho melhor ela seguir sozinha.

Cornelius observou quando Jos chegou no atracadouro, pagou o piloto e subiu as escadas. Cornelius o admirava.

Que raridade encontrar um jovem assim. Não mede esforços para ajudar. Mesmo quando se diz contrário às minhas ideias expõe isso de um modo cativante. É o interlocutor que eu preciso, ainda vou motivá-lo a ler os meus autores preferidos.

– E então, Jos, arrumou a nova vida para a moça?

– Nova vida? Acho que sim, ela terá uma nova vida. – E Jos sentou-se junto do grupo que tecia planos para ações da resistência, Bela ao seu lado.

Em Gênova, Deborah embarcou no Bahia Blanca. O tempo passou, Jos não chegou e o navio seguiu viagem.

CAPITULO 6

Resistência e rendição

Resistência, 1943

Jos e Cornelius navegavam pelo Rio Schelde refazendo o trajeto que se tornara comum nos anos da guerra. Seguiam em direção à vila, camuflados pela luz pouca do final do dia. Cornelius aprumava o barco contra a correnteza enquanto observava a paisagem. Seu corpo reagia a qualquer alteração transmitida pelo timão, mas sua mente andava por outras paragens, a outra mão segurava o leme. Cornelius falava alto para vencer o ruído do motor e fazer com que Jos o ouvisse.

– Percebeu como o rio se abre ao aproximar-se da foz? Estamos em uma região plana, cheia de canais e diques por onde passeei na minha infância. Aprendi que a rota pelo mar é perigosa, eu a evito, prefiro navegar pelos canais sem ser notado. A foz do Schelde tem uma península formada por três ilhas por onde eu brincava de navegar, acho que já nasci marinheiro.

Jos ouviu calado, tremendo de frio, metido no porão do barco com o corpo meio coberto pela água. Cornelius navegava, preocupado com os postos de observação e com as fortificações que os invasores construíram para controlar o porto de Antuérpia. Cornelius era reconhecido pelas tropas invasoras que não desconfiavam da sua atuação na resistência. Para os alemães, Cornelius era um marinheiro que vendia alimentos, cigarros e bebidas para as tropas. Chegou a auxiliar o exército invasor no mapeamento dos canais que foram empesteados com minas. Fazia o tipo do colaborador nazista que lhe permitia livre conduto pelo Schelde, mas manteve sigilo a respeito de uma rota de fuga por canais secundários que utilizaria em caso de necessidade.

Jos seguia deitado, meio submerso, no porão. Abaixo da linha d`água ele dividia o compartimento com explosivos acondicionados em plásticos lançados pelas tropas aliadas sobre as áreas pantanosas. Cornelius navegava pela região, um ecótono meio-terra-meio-mar, coletando o armamento e as munições lançadas dos aviões aliados, fazendo-os chegar aos grupos da resistência. Jos ouvia a água batendo no casco do barco, à medida que o Veza avançava. Reconstruía mentalmente a paisagem que Cornelius descrevia e que ele não podia ver. Em dado momento Cornelius deu o aviso.

– Silêncio, Jos. – Reduziu o motor para atender o sinal de abordagem do barco. Era uma tripulação conhecida. Desde que chegaram, os invasores vistoriaram a casa de Cornelius até se convencerem de que ali não havia nada que os ameaçasse, entenderam que o marinheiro com jeito longilíneo, meio Dom Quixote, seria uma fonte inesgotável de genever, cigarros e frutas que ele conseguia com os mercadores nos portos mais ao norte. O Veza foi liberado depois da distribuição de cigarros. Jos permaneceu escondido no vão do casco com o corpo coberto pela água gelada e respirando apenas o suficiente. Até o fim da viagem Jos pensou no contato feito por Aron para mais um trabalho. Tratava-se de um fugitivo de campo de concentração, desesperado para encontrar a família refugiada na Argentina. "Desesperados pagam bem", ponderava Jos.

O Veza atracou, Cornelius e Jos desembarcaram, protegidos pela noite. Na casa, Bela e três rapazes, todos com menos de 20 anos, relembravam os detalhes da ação realizada que descarrilhou um trem. Haviam dominado as técnicas para descarrilhar as composições, o que minava a paciência dos invasores. Lembravam dos detalhes, riam e bebiam à vontade, quando Cornelius e Jos entraram pela sala. Jos estava ensopado, mal-humorado e, sem cumprimentar ninguém, correu para o quarto de banho. Acionou a bomba manual que captava água do rio, alguns metros abaixo, encheu a banheira e pediu para que uma das moças aquecesse um caldeirão com água. Cornelius trazia nas mãos os sacos com explosivos envolvidos em camadas plásticas e os escondeu sob o assoalho.

Os jovens estavam preocupados com as notícias dos trens que transportavam prisioneiros embarcados em Utrecht e levados para campos de concentração, falava-se sobre assassinatos em massa. Este seria o novo objetivo, explodir e destruir aquela linha de trem. O mais falante dos três tirou do bolso uma carta que entregou para Cornelius.

– Para você. Veio pelo serviço especial.

Cornelius tomou o envelope nas mãos e recostou-se na cadeira da escrivaninha com os olhos pregados na carta que acabara de receber.

A água, na panela sobre o fogão, estava aquecida para o chá, quando Jos saiu do quarto de banho com os cabelos molhados, trajando uniforme dândi, roupa clara, camisa e calça largas de algodão, sapatos lustrosos e cheirando a fragrância. Olhou-se no espelho e arrumou o cabelo que lhe caía sobre a fronte. Bela sussurrou para a colega.

– Agora está ainda melhor.

Jos acomodou-se nos braços de Bela e todos olhavam para Cornelius, aguardando instruções. Jos perguntou.

– A carta, de quem?

– De um amigo – suspirou Cornelius – uma carta que viajou um ano para chegar, trouxe uma notícia que eu já conhecia. A BBC já noticiou a morte do meu amigo, o escritor Zweig e de sua esposa. Suicidaram-se no Brasil. – Cornelius abriu a mão que segurava a carta e esta pousou sobre o assoalho enquanto o marinheiro deixava o corpo cair sobre a cadeira. Jos perguntou.

– Posso ler?

– Sim, leia para todos, não há segredos nesta carta, foi uma morte anunciada.

Jos leu a carta que falava de valores humanistas, de pacifismo, do radicalismo ideológico e da intolerância reinantes no mundo. Eram os temas recorrentes nas cartas trocadas entre Zweig e Cornelius. O texto terminava com uma mensagem:

"Caro amigo. Nossa intenção pacifista, de convívio entre diferentes, não sobreviverá no quadro que vejo desenhado no mundo de hoje. As pessoas não aceitam as diferenças. Cada qual deseja acercar-se apenas de quem compartilha das mesmas ideias. Agem como narcisos, a mirar o espelho. Não percebem que precisamos das diferenças para compreender quem somos. Sem o outro, que não pensa como nós, não podemos nos reconhecer. O radicalismo e a intolerância es-

tão por toda a parte. Não creio que haverá tempo para o encontro pessoal que tanto planejamos. Eu e Lotte partiremos. Que te seja dado ver a aurora desta longa noite.

Assinado, S.Z."

Jos depositou a carta sobre uma das pilhas na escrivaninha. Cornelius permanecia prostrado. De súbito fez um movimento que contrastou com o silêncio dos presentes. Levantou-se para buscar uma dose generosa de genever.

– Águas passadas. – Comentou Cornelius.

Recompôs-se, puxou o assunto do plano de descarrilhar o trem de prisioneiros entre os campos de Mechelen e Aushwitz. O grupo estava mergulhado no debate sobre os detalhes da operação. A certa altura, Jos falou ao ouvido de Cornelius.

– Tenho uma conversa importante sobre um refugiado que quer entrar no Brasil. O meu amigo vai me procurar dentro de minutos. Posso conversar com ele no porão do barco?

– Tudo bem, mas com cuidado. Você sabe que tem a cabeça a prêmio.

Aron esperava no atracadouro para o que seria uma conversa rápida. Tratava-se de um caso fácil. Uma pessoa desesperada tinha joias escondidas na Antuérpia e as entregaria caso conseguisse documentos e um navio para conduzi-lo até Buenos Aires. Estava cada vez mais difícil fazer a travessia do Atlântico e não havia mais vistos de imigração para o Brasil. Apenas a simpatia do governo brasileiro com os nazistas facilitava, de algum modo, a travessia, caso o portador conseguisse documentos falsos.

– Mais fácil do que levar as moças casadouras, não é mesmo Jos? – Falou Aron.

— Sim, fácil. — Respondeu Jos, arriscando uma pergunta. — Você soube algo sobre Deborah? Ela chegou ao destino?

— Chegou, foi uma operação de sucesso, os meus amigos se divertiram muito, cada um teve a sua parte.

Enquanto falava, Aron entregou o envelope com instruções para Jos e dirigiu-se para o barco que o trouxera. Jos, calado, pensava em Deborah.

Rendição, 1945

Jos amanheceu em Wageningen, no dia 5 de maio de 1945. Encontrou a cidade semidestruída, a população havia se retirado uma segunda vez em face da violência da ocupação alemã sob ataque dos aliados. Com a notícia da rendição, a população retornava aos poucos. Jos procurou pela casa da família Litvak à beira do canal. Avistou a casa com a fachada marcada por tiros, não sabia o que encontraria dentro dela. A porta da casa destravada permitiu que entrasse sem dificuldades. Subiu os degraus e seguiu pela sala, abriu a porta que levava ao andar superior e visitou cada cômodo. Havia fezes por todos os cantos empesteando o ambiente. Desceu a escada nauseado, com um lenço tapando o nariz, e abriu o quarto dos mantimentos. "Vazio, nada aqui lembra a minha família". Os olhos de Jos se acostumaram à penumbra. A caixa do acordeom da sua mãe, vazia, estava jogada em um canto da sala. Voltou para a sala de refeições e seguiu para o ambiente de estar onde seus pais ficavam em frente à janela para observar o canal. A janela fora arrancada, havia apenas um buraco na parede, e por ele Jos viu o canal. O vento entrava livremente e rodava feito vórtice na sala de jantar. "Nada aqui lembra a minha família", repetiu, tentando se convencer de que tudo terminara.

Jos saiu da casa e encontrou Jan, o vizinho que o viu crescer. Estava sentado no degrau da porta na casa geminada à da família Litvak. Jos se aproximou e o cumprimentou. O sorriso sem esperança do homem de mais de 70 anos foi a única coisa familiar que encontrou. Sem que Jos perguntasse nada, o homem falou.

– A minha mulher morreu de tifo. O meu filho não voltou de Rotterdam depois dos bombardeios. E você? Quem é?

– Sou Jos, lembra de mim? O filho de Dona Judith e do Professor Litvak. O senhor tem alguma notícia deles? – O velho observou o rosto de Jos tentando reconhecê-lo, franziu a testa, abaixou os olhos.

– O último trem para Terezienstadt saiu de Utrecht no dia 4 de setembro, um caminhão levou os prisioneiros daqui para a estação. Foi a última vez que eu vi Dona Judith e o Professor Litvak.

A movimentação nas ruas de Wageningen demonstrava um misto de alegria e descrédito. Na rua principal da cidade um grupo de pessoas aglomerava-se diante do Hotel De Wereld, ao lado da *Aula,* o auditório onde eram proferidas as aulas magnas da Universidade Agrícola. A igreja ao lado estava semidestruída e o hotel sofreu alguma violência mas resistiu. Todos falavam a respeito do General Charles Foulkes que receberia a rendição formal do general alemão Blaskowitz. A Holanda estava livre. Um clima de festa reinava nas ruas, mas não havia muito a celebrar. Jos parou na entrada do hotel para onde convergia uma multidão e voltou para a casa da família Litvak. Jos meditava a olhar para o conjunto de casas.

A Holanda está livre e meus pais estão mortos. Se tivesse havido mais um atentado talvez eles estivessem a salvo. Não existem mais: a casa o acordeom de minha mãe, os livros do meu pai, a sala dos mantimentos...

Jos levantou-se do chão e entrou no vão da escada onde a família guardava as bicicletas. Lá estava, intacta, uma delas. Sobreviveu por estar escondida. Jos tomou a bicicleta, encheu os pneus com a bomba manual que permaneceu preso ao triângulo, e seguiu rangendo metais na direção de Kerkhofpad. Ultrapassou o antigo muro que demarcava o limite da cidade medieval, entrou por uma viela e encontrou os escombros do cemitério. Postado entre o muro caído e túmulos espalhados pelo terreno, Jos buscou duas pedras no chão, escolheu um túmulo anônimo, depositou as pedras sobre a lápide, lembrou-se da oração dos mortos, o Cadish. Pensou nos seus pais, montou na bicicleta e seguiu caminho.

Jos não esteve presente no dia 6, para celebrar a capitulação, na sala magna da Universidade Agrícola de Wageningen, nem soube que a Universidade fora reaberta no dia 22 de Agosto e ninguém da família presenciou a cerimônia que dedicou o laboratório de Química ao Professor Litvak. Jos caminhou pela cidade, vendeu algumas joias, comprou roupas de segunda mão ao seu estilo, encontrou um chapéu panamá e seguiu a caminho do Brasil para encontrar-se com Anna e, quem sabe, Deborah.

Cinquenta anos depois, no dia 4 de maio de 2000, um monumento denominado "O Portão da Vida" seria inaugurado em memória dos judeus de Wageningen. Casualmente, o monumento ficaria muito próximo da casa dos Litvak.

Depoimento de Bela – Reminiscências da libertação

Bela conversava com um oficial canadense encarregado de receber depoimentos dos grupos de resistência. Vivendo a atmosfera de liberdade, planejava quais seriam os caminhos a seguir agora que o conflito terminara. Bela não tinha dificuldade para relatar os fatos vividos que eram anotados pelo oficial.

– Com a chegada das tropas aliadas, os invasores aceleraram as operações e fortaleceram a defesa das posições no Rio Schelde. Naquele dia estávamos na casa de Cornelius, o local onde centralizávamos o comando do grupo, quando o Veza chegou e aportou no local usual. Vi quando Cornelius desembarcou.

Foi quando eu ouvi um grito do lado de fora e percebi que Cornelius não estava sozinho. Falei para os três companheiros que se escondessem na mata, levando a pasta com os documentos. Assim que correram para a mata que começava atrás da casa, eu ouvi uma ordem para que eles parassem, depois ouvi os tiros. Eu e Jos fomos capturados, não me mataram na hora pois eles preferiram me violentar primeiro e eu serviria para delatar as atividades do grupo.

– Jos? Ah, sim, ele tinha uma mala onde guardava com muito cuidado dinheiro e joias. Comprou os soldados alemães e escapou, nunca mais eu o encontrei. Eu sabia que ele tinha uns contatos na América do Sul.

– Meus planos? Ah sim. Eu atuo no movimento sionista-socialista. O grupo decidiu que eu devo entrar na Universidade aqui na Holanda antes de emigrar para Israel. Eu vou estudar na Universidade agrícola de Wageningen, seguirei estudos talvez em química agrícola.

– Os amigos? Bem, muitos companheiros não conseguem olhar para o futuro. Eu me lembro de Markus, não consigo esquecer dele. Nós terminamos uma missão e eu era parte do grupo, ficamos escondidos em um acampamento na mata. Estávamos vivendo o período difícil, ainda assim executamos o plano. Explodimos os trilhos do trem, o que em nada alterou os planos dos invasores, mas afetou os nossos. Markus foi capturado na fuga do atentado, não resistiu aos espancamentos e delatou as atividades de Cornelius e de Jos.

Cornelius? Eu não entendo por que Cornelius voltou para casa com o Veza naquela noite. É claro que ele seria capturado. Eu me recordo de que o Veza foi detonado por uma granada e ficou com a metade do casco afundada, apenas com a proa à flor d´água, como um monumento que está no local até hoje.

Ah, sim, desculpe. O Veza era o barco com o qual Cornelius agia ao longo do estuário do Schelde. Cornelius foi levado para Auschwitz, soubemos que ele não fora executado, mas colocado no trabalho pesado. Todos pagaram um preço, menos Jos. Ele escapou utilizando joias como pagamento para a proteção recebida. O que o dinheiro não compra, não é mesmo? Entre os resistentes, Jos, que fora um herói, virou um traidor.

O resto da história o senhor conhece. Em setembro os foguetes foram lançados sobre Londres e Antuérpia vindos de Wassenaar, resultando na massiva destruição dos portos de Rotterdam e Amsterdam. O Rio Schelde foi libertado pelos senhores, em outubro de 1944, a um custo de 30 mil soldados e muitos meses de trabalho para a eliminação das minas explosivas. Os invasores mantiveram as rotinas de deportações até o início de setembro, quando os últimos trens saíram de Utrecht para Auschwitz e

Theresienstadt. Tropas inglesas libertaram Eindhoven e seguiram para Wageningen, causando nova evacuação da população.

Quando o cenário de liberdade se abriu e os campos de concentração foram libertados nas diversas frentes, revelaram-se marcas indefiníveis, mas visíveis nos rostos dos sobreviventes. Não havia nada a relatar. A miséria humana estava exposta e sangrava a olhos vistos. Soube que Cornelius foi libertado do campo onde garantiu a sobrevivência por ser útil na remoção dos corpos das câmaras de gás que seguiam industrialmente para o crematório. Quando a produção foi acelerada, a força física de Cornelius foi útil para encher as valas com corpos, alguns ainda mostrando sinais de vida. Havia problemas de eficiência e controle de qualidade naquela macabra produção em massa.

Faz pouco tempo, um ano depois de ser liberto pelas tropas russas, que Cornelius conseguiu retornar para casa. Deve ter sido um choque avistar o Veza, ou o que sobrou dele, ancorado definitivamente no pequeno cais. Precisaria de recursos para construir outro barco. Não estava certo se teria ânimo.

Tenho visitado Cornelius. Ele me contou, em um lance raro de lucidez, que quando retornou para casa limpou os cômodos que se mantiveram razoavelmente intactos. Encontrou um bloco de cartas caído atrás da estante, agora vazia de livros. Ateou fogo nos restos das cartas que queimaram como a sua memória lhe queimava. Cornelius se isolou, para ele não mais cabiam os ideais humanistas. Como crer, depois do que havia presenciado? Recusou-se a receber uma comenda dos governos da Holanda e da Bélgica e ficou recluso. Quando o serviço dos correios foi restabelecido, ele continuou a receber cartas de amigos, escritores e intelectuais sobreviventes, que não foram respondidas. Eu passei a guardar estas cartas nunca lidas. Quem sabe Cornelius um dia se recupera e....

– Jos? É uma incógnita que pouco me interessa. Cornelius não fala dele. Quer dedicar-se apenas a observar as águas do Rio Schelde e cuidar das esculturas que passou a fazer em um galpão ao lado da casa. Por vezes ele trabalha dias e noites seguidas sem parar. Recebe visitas dos enfermeiros do serviço de saúde mental.

Ah, sobre Jos? É difícil para mim falar de um traidor, que traiu não só o Movimento de Resistência, mas também a mim. Espero nunca mais encontrá-lo. Se ele surgir na minha frente, eu não sei o que seria capaz de fazer.

Capítulo 7

Adeus Schelde, maio de 1945

Os operadores dos trens retomaram a operação que fora interrompida pela greve. Aos poucos o movimento ferroviário foi normalizado, ainda que pontilhado por atrasos e interrupções. Os passageiros não reclamavam porque pairava uma euforia motivada pela sensação da liberdade recém-conquistada. Nada poderia ser pior do que a presença das tropas alemãs. Antuérpia estava liberta havia semanas, e o rio Schelde, que antes levava as tropas invasoras e barcos da resistência, voltou a receber embarcações de carga. O porto, aos poucos, recuperava a normalidade. Jos contratou um barqueiro que conhecera na resistência e que o levou a Bocht van Bath. As tropas canadenses permaneciam ao longo do Schelde, retirando as minas enterradas nas margens. Jos se acostumara aos estrondos das explosões que ouvia durante o trajeto entre Antuérpia e a foz do rio. Reconhecia o trajeto que percorrera tantas vezes com o amigo Cornelius, e não se alterava ao encontrar corpos putrefatos, semidecompostos, bizarras figuras presas aos galhos, à margem do rio. "Os soldados mortos eram esqueletos uniformizados" pensava Jos, intuindo que os restos da guerra ficariam visíveis por muito tempo até encontrarem morada permanente no leito do Schelde. Jos orientava o barqueiro para encontrar a casa de Cornelius. Seguiram o fluxo d`água observando o movimento de pessoas que retornavam às casas espalhadas ao longo do rio. A incontinência verbal do jovem barqueiro refletia a felicidade de viver a liberdade recém-conquistada. O jovem estava certo de que o mundo havia mudado, falava de esperança, tecia comentários sobre o futuro incerto e tentava arrancar informações de Jos, que preferia calar e observar o movimento dos barcos a caminho do porto. O vento desalinhava seus cabelos fartos, cacheados e louros. De quando em quando, Jos ajeitava os cabelos com movimentos lentos. Em um ato mecânico, puxava o relógio de ouro do bolso e olhava detidamente para o mostrador. Controlava o tempo mais por costume do que por necessidade, já que naquele momento o tempo não lhe impunha limites, tinha tudo por fazer e poderia fazer qualquer coisa. Sem amarras a detê-lo, Jos poderia escolher qualquer destino. Levantou-se e gritou algo para o barqueiro, que se esforçou para ouvi-lo, driblando o ruído do motor do barco. Jos apontava para a margem do rio.

– Ali, naquela curva, aproxime-se da margem. A casa aparecerá entre as árvores naquele ponto da pequena elevação – gritou Jos para o barqueiro.

Cornelius escolhera o local onde o rio fazia um remanso, o que facilitava a atracação com qualquer tempo. Jos apertava os olhos e tentava avistar a casa. O que viu causou mais impacto do que os cadáveres. Havia um barco semiafundado com a proa à mostra, acima da superfície da água. Ao se aproximarem do cais, a imagem cresceu até que Jos pôde ler a inscrição do nome do barco. *Veza!*

Não posso acreditar, o Veza foi bombardeado, onde estará Cornelius? Pensou Jos ao ver o barco do amigo semi-naufragado O barqueiro contornou os escombros e atracou em um ponto onde foi possível alcançar as escadas que levavam a casa.

– Aguarde por aqui, não devo demorar – disse Jos para o barqueiro que se acomodou para um cochilo enquanto Jos subiu pela escada que levava à soleira da casa. O seu passo era tímido, como quem reconhece o terreno. Podem existir minas, pensou quando tropeçou no último degrau de madeira que jazia apenas apoiado ao solo. Jos evitou a queda apoiando-se na porta que abriu sem resistir. Nenhum obstáculo impediu o acesso. Encontrou a sala imunda, fétida e viu papéis espalhados pelos cantos. Havia restos de livros semicarbonizados do lado de fora da casa. A biblioteca de Cornelius fora destruída. Jos, sentou-se sobre um caixote deixado no centro da sala, testemunha solitária de fatos acontecidos havia pouco tempo. Onde estará Cornelius? Talvez os soldados tenham descoberto sua dupla identidade, invadiram a casa, explodiram o Veza, destruíram os livros e o prenderam. Será que foi morto? Jos sacou o pente, ajeitou o cabelo e lembrou-se da sala de banho. A porta fora derrubada, pelo chão havia restos de fezes decompostas, quase petrificadas, que deixavam um odor acre de matéria orgânica digerida. Jos recuou, com o estômago revirado, olhou para o resto da escrivaninha e para a estante vazia e lembrou-se da pilha de cartas que viviam sobre aquela mesa.

Em um canto da sala de banho, viu um maço de papéis amarrados. Eram cartas, teimosas sobreviventes que gritavam, em letras, as angústias de quem as escrevera e as destinara a Cornelius. Segurou as folhas manuscritas cuja tinta havia se espalhado, formando manchas como uma pintura abstrata. As folhas se esfarelavam ao toque das mãos. Cartas frágeis como a história de Cornelius, o homem em busca da utopia, do lugar perfeito, da fraternidade sem limites. Um fragmento de carta estava legível e nela Jos pode ler uma frase.

"... estou empenhada em elaborar os contos que enviei para o Arbeiter-Zeitung. Quem sabe um dia ainda os publicarei na forma de livro. Tenho um título provisório: *Rua Amarela*."

A tinta borrada não permitiu a leitura do resto da frase nem a identificação da autoria. Quem a teria escrito?, pensou Jos. Imagens visitaram a sua mente: a casa da família em Wageningen, o canal, o cemitério, o Veza e a sala cheia de jovens da resistência a fazer planos. As imagens agitavam o seu pensamento. Era preciso seguir em busca de algum rumo. Lembrou-se de Deborah.

Bem que tentei evitar a viagem, mas foi tarde demais, mas se ela tivesse ficado talvez estivesse morta, e Anna Lea? Qual o paradeiro das moças que mandei para o Brasil?

Jos recuperou os sentidos e saiu para sentir a brisa vinda do rio, desceu os degraus e avistou o barqueiro em sono profundo. Acordou o jovem e indagou.

– Você costuma passar por aqui?

– Sim, só faço descer e subir o rio sempre que tenho alguma carga ou passageiro para levar.

– Se você perceber sinal de vida nesta casa, pergunte por Cornelius e entregue a carta que vou deixar com você. Farei um pagamento extra pelo serviço.

Jos sentou-se à margem do rio, sacou uma caneta e um bloco de papel que estava no barco. Escreveu enquanto o barqueiro preparava o motor para partir. Olhou para o Veza meio submerso e um reflexo chamou-lhe a atenção, era um espelho caído dentro d'água. Jos estendeu a mão e recolheu o objeto que tinha uma moldura e um cabo de metal que protegia o espelho redondo, feminino. Tirou um lenço do bolso, enxugou as mãos e limpou a superfície do espelho até conseguir observar o reflexo do próprio rosto. Foi assim que Jos despediu-se de si mesmo, deixando o espelho sobre a soleira da porta e uma carta nas mãos do barqueiro.

Jos já tinha a mente voltada para o Brasil.

Porto de Santos, novembro de 1945

Os portos são todos iguais, pensou Jos apoiando os ombros na murada do convés enquanto o Fylgia era rebocado em direção ao cais de passageiros do porto de Santos. Jos havia se acostumado ao desconforto do vapor sueco, misto de carga e passageiros, onde passou quase cinco semanas que lhe pareceram intermináveis. Estranhou a luminosidade da cidade de Santos enquanto o vapor era rebocado canal adentro. A orla, vista a distância, parecia cheia de gente. A viagem entre Antuérpia, Southampton e de lá para Santos, demorou 35 dias. A navegação pelo Atlântico fora retomada com o final da guerra e as empresas inglesas passaram a controlar as conexões para a América do Sul.

Jos havia preparado a mala, carregando nada mais do que roupas. O dinheiro e as joias ele preferiu transportar em uma bolsa sempre colada ao corpo, disfarçada pelas roupas largas. Debruçado no convés, tirou o paletó, enquanto arregaçava as mangas da camisa como quem inicia uma tarefa sem prazo para ser concluída. Com a mão direita buscou o relógio no pequeno bolso da calça.

Que hora será agora? O sol é quente, nunca senti algo parecido, quanta gente, a praia... parece tudo tão perto. Assim Jos reagiu à visão da natureza generosa enquanto a sua mão devolvia o relógio ao bolso. Com o lenço enxugou o suor que brotava em abundância no seu rosto. A sirene do vapor ecoou.

Na carta, Anna Lea confirmou que viria me buscar. Ela era uma mulher bonita quando nos despedimos. Como estará agora? Deve ter uns trinta anos. Aceitou a ideia de me receber mesmo depois de tudo o que eu fiz, disse que fazia por respeito à memória dos meus pais. Dia dez de novembro, onze horas da manhã e eu estou no Brasil, pensou Jos quando sentiu o solavanco do barco que encostou no cais em manobra perfeita de atracação. Dois pequenos rebocadores deixaram livre o enorme cargueiro atracado ao cais do porto de Santos e saíram cortando a baia como brinquedos em movimento. Os passageiros se mobilizaram para desembarcar. Uma ponte de madeira e cordas que faziam às vezes de corrimão, conduziu os passageiros ao desembarque. A sensação de pisar em terra firme causou estranheza aos recém-chegados. Jos seguia o grupo que se enfileirava no saguão cujas dimensões conflitavam com a pequena mesa onde um burocrata checava os papéis dos desembarcados. Jos tomou a fila que andava tão morosa quanto o empenho do burocrata permitia. Havia passado duas horas e a fila progredia sem pressa, quando Jos encontrou um jornal deixado em um balcão utilizado para preencher manualmente intermináveis questionários. O seu limitado domínio do espanhol permitiu que lesse algumas manchetes.

Foi ontem investido nas funções de interventor federal em São Paulo o Embaixador José Carlos Macedo Soares.

Grande desfile marca o término das operações navais.

Cigarros Marusca – tipo americano.

– O próximo! – Gritou o agente de imigração sinalizando para que Jos se aproximasse. Jos viajava sozinho, tinha passaporte holandês e visto de permanência no Brasil. Entrou sem problemas e o seu registro foi rápido. Ao passar pela porta que levava ao saguão, avistou uma multidão falando português, italiano e espanhol, que logo percebeu não ser o espanhol que conhecia. Eram galegos que festejavam a chegada de parentes, os homens maltrapilhos tinham os rostos marcados pela vida no mar, as mulheres usavam lenços e chapéus a cobrir-lhes os cabelos. Jos sentiu-se em meio a uma massa em que cada um compartilhava da mesma parição. A elegância de Jos o fazia destoar da multidão, foi fácil para Anna identifica-lo. Ela se aproximou, segura de si, falando em *yidishe*.

– A viagem acabou, *sheine ingale, guite shabbes*.[3]

Jos sorriu e mediu o corpo da mulher que olhava direto nos seus olhos.

– Anna, eu nem lembrei que hoje é sábado, *guite shabbes*. Você continua uma mulher bonita. – Falou olhando para o corpo levemente obeso de Anna que transbordava do vestido vermelho estampado a cobrir-lhe os joelhos. As mangas curtas e transparentes lhe davam um ar discreto e sensual ao mesmo tempo. Um aplique em forma de flor preso à cabeça fazia par com o lenço amarelo amarrado à bolsa de couro. Os sapatos, um pouco gastos, tinham um pequeno salto e uma presilha ligada ao tornozelo. Tudo sugeria o perfil de uma mulher que havia se preparado para aquele momento.

3. *Sheine Ingale*, criança linda. *Guite Shabes*, um bom Shabat. Em *yidishe*.

– Bonita? *Azoy, azoy*,[4] caro Jos, eu já fui bonita e tola, hoje não sou mais nem bonita como já fui e certamente não sou a menina tola que você enganou – aproximou-se e deu um beijo no rosto de Jos. – O tempo me marcou, o que não parece ter acontecido com você.

Jos a olhou surpreso e sorriu enquanto Anna virou-se e caminhou na direção da rua fazendo um sinal para que ele a seguisse.

– Vamos pegar o trem para São Paulo, você vai ficar hospedado na minha casa. – Jos ouvira histórias de Anna e do negócio mantido em São Paulo.

– Obrigado, acho que vou precisar de um local para começar a vida neste país. Pelo que soube da sua casa, acho que vou gostar – falou sacando o pente do bolso que usou para ajustar os cabelos.

– Vou te dar uma ajuda mas saiba que as regras do meu negócio são rígidas e eu já disse que não sou mais a menina tola que você enganou. Para começar você vai conhecer Egídio, um delegado de polícia que é meu, digamos... amigo, e que me ajuda a resolver problemas quando surgem. Lembra-se dos seus amigos? Aqueles que me trouxeram para cá? Pois bem, Egídio é como aquele tipo de gente.

– Não eram meus amigos, apenas controlavam os meios de facilitar a imigração, retrucou Jos.

– Ah sim, você nem imagina como facilitaram a minha vida. Pois saiba que entre os seus amigos, aqueles que não foram mortos estão presos. Espero que você não queira seguir pelo mesmo caminho. E também espero que você tenha algum *guelt* para pagar as nossas passagens e ajudar na estadia. Eu não tenho di-

---

4. Assim, assim. Mais ou menos.

nheiro sobrando. Em cada bar nas imediações do porto existem cambistas para você trocar moeda. Imagino que você deve ter trazido alguns dólares ou libras esterlinas.

– Eu cuido disso, gosto de situações novas. – Respondeu Jos apalpando a bolsa com o dinheiro presa ao corpo.

Ambos se dirigiram à estação do Valongo, próxima ao porto, e tomaram o Expresso Ouro Branco. O caminho era longo e o andar do trem, lento. Os vagões seguiram por uma planície costeira margeando uma serra escarpada. A composição finalmente apontou para a serra, contornou a parte mais difícil e chegou ao planalto, seguindo até entrar pelo sul da cidade de São Paulo, alcançando a Estação da Luz.

Jos estava encantado com a paisagem da Serra do Mar, da Mata Atlântica e da cidade de São Paulo, o que o fez esquecer do cansaço da viagem.

Na estação da Luz, tomaram um táxi que subiu a rua José Paulino, virou à esquerda na Ribeiro de Lima até encontrar o muro de pedras da linha do trem e desembocar na Rua Aimorés e finalmente na Rua Professor Cesare Lombroso, onde, alguns metros abaixo do leito da ferrovia, ficava a casa de Anna.

As meninas debruçavam os corpos nas janelas que faziam frente para a rua e se apertavam no andar térreo das casas. Todas queriam ver o menino de cabelos louros cacheados que chegara da Europa. Jos olhou para a casa de fachada sem cor definida, janelas em desalinho, cheiro de pensão barata e adornada por mulheres recém-acordadas.

– *Oy abroch!*[5] Não é bem o que eu imaginei.

---

5. Exclamação de espanto, em *yidishe*.

Puxado por Anna, Jos foi levado a um cômodo, independente da casa principal, ao final do corredor externo. Sem janelas, uma porta estreita permitia a entrada de ar e alguma luminosidade. Jos transpirava em abundância, pouco afeito ao calor tropical. Acomodou a mala, procurou um local para esconder a bolsa com dinheiro e pôs-se de cuecas e descalço. Apanhou uma toalha colocada sobre a cama e procurou pelo banheiro que encontrou fora do cômodo. Pisou no chão úmido e cheio de musgos o que lhe causou estranheza. Finalmente um chuveiro e um vaso sanitário, pensou enquanto caminhava, sentindo o contato do chão limoso. Abriu a torneira do chuveiro que lhe respondeu com um fiapo de água que deixou escorrer sobre o corpo. Assustou-se com o ruído estrondoso de um trem e percebeu que a ferrovia ficava poucos metros acima do banheiro. Abriu os olhos e prestou atenção ao ruído espaçado das rodas que feriam as emendas dos trilhos, indicação de que o trem seguia lento. Jos usufruiu o banho regado pelo precioso fiapo d'água, enxugou o corpo, vestiu-se e encontrou um espelho onde mirou-se sem pressa, alisando as roupas e arrumando os cabelos. Sacou um frasco de perfume da mala e borrifou a nuca. Ao entrar na casa pela primeira vez foi imediatamente cercado pelas meninas que queriam falar com o recém-chegado que, se bem não falasse português, dominava o espanhol.

Jos apenas observou. A maioria delas apresentava uma beleza ofuscada pela idade e tinham gestos brutos. Não havia nada que lembrasse os bordéis que conhecera em Amsterdam, Bruxelas ou Paris. As meninas brincavam e faziam piada, observavam Jos como uma avis rara e cochichavam.

Jos foi levado por Dina, a menina mais próxima de Anna, para conhecer as salas com mobília rota, o bar com garrafas empoeiradas assentadas em prateleiras com espelho manchado ao fundo, uma cozinha desarrumada com o teto formado por uma treliça de madeira que permitia a passagem da fumaça e do vapor. O forro vazado permitia ver as telhas e criava uma luminosidade peculiar de luz difusa no espaço cheio de fumaça. Os quartos do andar térreo eram separados da sala por um corredor e serviam para atender os clientes comuns. Nada de conforto que sugerisse permanência. Pelo contrário, serviam para o sexo rápido, ejaculações efêmeras, sem direito a preliminares. Um momento de gozo para homens entre um trem e outro que chegavam e partiam da estação próxima.

– Dona Anna nos orienta para que as conversas sejam feitas no bar – explicou Dina, enquanto conduzia Jos para o andar superior da casa, acessível por uma escada de madeira com corrimãos torneados que foram belos algum dia.

– Feitos no Liceu de Artes – disse Dina para Jos, relatando a respeito da escola de ofícios que ficava não distante dali. Virando à direita, no topo da escada, Jos observou o truque do espelho posicionado de modo a permitir que Anna avistasse, do quarto, o reflexo de quem subisse a escada. Dina acompanhou Jos para mostrar os quartos do andar superior.

– Este quarto é reservado para clientes especiais – explicou Dina, apontando para os tapetes coloridos e rotos a fazer par com as paredes cobertas por pinturas de mulheres nuas carregando vasos de água.

– Mais agradáveis do que os quartos do térreo – falou Jos, que seguiu na direção do aposento do outro lado da escada, quando Dina interveio.

— Ali não podemos entrar.

— E por que não?

— Pergunte para a Dona Anna — respondeu Dina já descendo as escadas. — Nós não podemos entrar nos aposentos dela. — Dina silenciou e afastou-se ao ver que Anna subia as escadas a tempo de ordenar:

— Vá agora, Dina. Está na hora de dar um jeito na aparência. — Dirigindo-se a Jos, completou. — Esta é a única casa decente que sobrou neste lugar. Está na hora, os clientes vão começar a chegar. É hora também de termos uma conversa, agora que você já está acomodado.

Anna e Jos sentaram-se nas poltronas no hall ao topo da escada de onde se podia observar as salas e o bar. Anna ofereceu um cigarro para Jos e tomou a iniciativa.

— Faz sete anos desde que eu cheguei a São Paulo. A viagem e a chegada foram trágicas, um dos seus amigos me esperava em Santos, ele me trouxe diretamente para um bordel. Ficou com os meus papéis, me ameaçou e me mostrou o que aconteceria se eu não obedecesse. Não tive nenhuma chance de reagir. — Jos fixou o olhar no movimento do bar e acendeu o cigarro. — Olhe para mim, parece que eu fiz três abortos? Contraí várias *krankes*[6] e as sequelas da sífilis não me abandonarão. Você acha que eu ainda sou bonita? Você pensou nestas coisas quando me embarcou naquele navio?

Jos esperou um momento, deu uma tragada no cigarro e respondeu.

— Eu não sabia o que iria acontecer. Só soube tempos depois.

— Ah, não sabia, claro.

---

6. Doença em *yidishe*. Palavras derivadas, encrenca, cancro.

Jos não deixou que Anna continuasse e perguntou.

– Por que você aceitou me ajudar?

– Eu resolvi te acolher quando li a carta que me mandou faz alguns meses. Não faço isto por caridade, faço pelos seus pais, e também porque preciso de uma pessoa para administrar um projeto que acolhe as velhas *mimes*, algumas que sobreviveram a filhos da puta como você.

– Projeto? Que tipo de projeto?

– As mulheres como eu, que chegaram no Brasil nos últimos trinta anos, estão velhas e doentes. Estão morrendo. Eu sou a mais jovem de todas. Como você deve saber, eu sou das últimas levas antes de desmontarem o negócio de tráfico de mulheres.

– O que você quer que eu faça? Explique.

– Quero que você me ajude num projeto social enquanto se acomoda nesta cidade e encontra alguma maneira de ganhar a vida.

– Explique melhor.

– Existe uma sociedade de ajuda às *mimes*[7] no Rio e em Buenos Aires. Eu organizei a ajuda em São Paulo. Elas precisam de apoio. Foram abandonadas pela comunidade, estão velhas, doentes e nem enterro decente podem ter no cemitério judaico, são impuras, os judeus do Bom Retiro nunca vão nos aceitar. Além disso corre o boato de que o governo vai proibir a minha atividade neste bairro. Foram eles que nos colocaram aqui, e agora sabe como é, o prefeito e os vereadores frequentam os puteiros que surgiram em locais nobres da cidade. Vão nos expulsar daqui, é uma questão de tempo.

7. Prostitutas judias.

– E o que você espera de mim?

– Tenho uma amiga que administra a sociedade de ajuda mútua no Rio de Janeiro, ela vai me ajudar a levantar algum dinheiro para as *mimes* de São Paulo e você vai ajudá-la nesta tarefa. Precisamos aumentar o fundo de ajuda. Elas estão morrendo e não tem nenhum dinheiro. Elas estão sendo enterradas num cemitério no bairro da Cachoeirinha que fica longe, mas é onde eu consigo pagar. Vamos ter que arrecadar dinheiro e você sabe bem como fazer essas coisas. Meu amigo, o delegado de polícia, pode te dar boas sugestões de como sobreviver, mas também vai, digamos assim, controlar as suas atividades e vai te dar as tarefas. Ah, e nem pense em colocar as mãos em uma das meninas, a não ser que você pague pelo serviço. Pode circular pela sala e cozinha. À noite a presença de um homem sempre ajuda a manter a ordem. Vez em quando sai uma briga mais pesada. Se precisar de alguma coisa fale comigo ou com a Preta Lina, a minha ajudante que trabalha aqui durante o dia.

Soou a campainha do telefone e Anna correu para atender, entrando pela porta do quarto proibido. Jos permaneceu acomodado na poltrona. Pitava o cigarro e acariciava o tecido furado da poltrona por onde escapava o enchimento de paina. Ficou observando as meninas que se dispersavam pelos aposentos da casa que naquele horário começava a receber clientes. Risos e gritos eram ouvidos por todos os cantos e Dina retornou avisando que havia um prato de comida esperando por ele na cozinha. Desceram a escada e Jos observou o corpo de Dina que não escondia alguns hematomas no pescoço e mantinha uma beleza que resistia aos descuidos da vida. Jos aproximou-se dela.

– Faz tempo que não tenho uma mulher ao meu lado. – Dina afastou-se sorrindo e antes de chegar à cozinha acenou para o homem que entrava na casa.

– Sr. Alaor, como vai? Que bom que veio nos visitar. Toma a bebida de sempre?

Alaor aceitou e sentou-se ao balcão do bar. A própria Dina serviu uma dose dupla de cachaça com vermute que Alaor tomou de um trago.

Dina aproximou os dois.

– Quero te apresentar um amigo da casa, Jos, este é Alaor, o nosso cliente mais fiel. – Jos sentou-se ao lado de Alaor e iniciaram uma conversa, truncada pela colisão dos idiomas. Jos soube que Alaor era comerciante bem posicionado com casas e lojas alugadas no bairro e explorava o comércio de tecidos, entre outros pequenos negócios. Alaor, movido pelo vermute, contou detalhes dos negócios que Jos ouviu com interesse, vez ou outra pedindo para explicar algum termo que não compreendera.

– No andar térreo tenho a loja, no andar superior fica o escritório e a minha casa, um sobrado onde vivo sozinho. Venha me visitar. – Falou Alaor, imediatamente interrompido por Dina que o puxou escadas acima. Alaor entregou um cartão com o endereço e acompanhou Dina enquanto Jos foi para a cozinha onde Anna o esperava.

– Tem um prato servido para você na mesa, foi Preta Lina que deixou.

– Preta Lina? Quem é Preta Lina? – Perguntou Jos para Anna.

– Preta Lina é mais do que a nossa cozinheira. Ela não está aqui a esta hora. Foi para casa. Vive em um barraco na beira do Rio Tietê, lá para os fundos do bairro onde é largado o lixo da cidade.

Anna ouviu o toque do telefone e deixou Jos na cozinha. Subiu as escadas com pressa a tempo de atender.

– Olá querida, sim, ele já está aqui, interessado em tudo e parece animado..., eu expliquei um pouco do trabalho que fará com você..., sim expliquei sobre Egídio..., não, não se preocupe, ele não perguntou nada sobre você.

Jos passou as primeiras semanas na casa de Anna, conheceu as rotinas e reclamou do calor de São Paulo. Na primeira noite dormiu bem, talvez resultado do cansaço da viagem. Acordou com fome, vestiu-se, deixou o quarto e seguiu pelo caminho limoso até encontrar a porta da casa, atravessou a sala vazia e estranhamente limpa que lhe fez pensar: "Nem parece que os clientes estiveram por aqui." Sem fazer ruído entrou na cozinha e sentou-se à mesa ao lado de Dina, que tomava o café da manhã. Jos ficou a olhar para a mulher negra que trabalhava no fogão. Era velha. Cuidava do cozido, cantarolando uma canção que soou como um lamento aos ouvidos de Jos. A negra não voltou o rosto para olhar o recém-chegado. Ela transpirava à frente da panela que fumegava, aumentando o calor do ambiente no dia que apenas começava.

Jos observava a mulher, cuja idade poderia ser inferida pelo andar lento, acompanhado por movimentos do corpo que balançava a cada passo. A pele do rosto e dos braços, lisa, brilhante e negra, contrastava com as roupas, uma saia comprida de cores vivas adornada por um avental amarrado à cintura e a cabeça envolta por um lenço branco. A mulher apresentava certo refinamento nos gestos e no lamento que não parou de entoar, quando, de repente, Preta Lina, sem virar o rosto, falou com voz rouca.

– Senta fio, Dona Anna me falou para te dar de comer. – Preta Lina, sem tirar os olhos da panela, continuou – Ocê deve de tá com fome, parece que o fio passou por dificuldade nos últimos tempos, não foi mesmo?

– Dificuldade? Eu? – Retrucou Jos.

– Pois num foi o fio que chorou na casa dos mortos, foi não? Se vassuncê tiver paciência Osum vai abrir o seu caminho. – Tampou a panela e só então virou-se para encarar Jos e completou. – Osum vai ajudar fio, se vassuncê num atrapalhar e num quebrar nenhum espelho.

Jos não compreendeu as palavras que a velha negra pronunciou, era uma fala talhada em dialeto africano misturado ao português e nheengatu. Mas as palavras da velha negra pareciam transmitir acolhimento, algo que Jos não sentia desde que deixou a casa da mãe, na Holanda.

Preta Lina se aproximou e andou ao redor de Jos a olhar as roupas, os cabelos alinhados e sentiu o senso do perfume que o envolvia. Jos se levantou curioso.

– Chorei, na casa dos mortos? Espelho? O que a senhora quer dizer?

– Deixa pra lá, fio, foi só coisa da cabeça desta preta velha. Eu num tô falando mais coisa com coisa. Mas que o menino chorou, ah sim, chorou. Donde é mesmo que o menino veio?

– Vim da Holanda.

– Ah, da Holanda... – Repetiu a negra a cuidar da panela no fogão, e Jos continuou.

– Eu vivia com os meus pais até a guerra começar, sobrevivi trabalhando num barco que fazia comércio ao longo de um rio importante que existe por lá, agora estou aqui. Mas me explique esta coisa do choro e do espelho? – Perguntou Jos com o sotaque arrastado.

– Menino, eu fiz um ensopado procê e vou deixar em cima da mesa. Vou terminar a limpeza da casa e depois vou para a várzea onde eu moro, perto das águas de outro rio, um rio que me protege. Os rios são o reino de Osum.

– Osum? Perguntou Jos, sem compreender de quem a preta velha falava.

– Osum, filha de Orumilá e Iemanjá, foi criada pelo pai que lhe fez todas as vontades. Sou filha de Osum, ela me protege. – A preta colocou os talheres sobre a mesa e saiu da cozinha deixando Jos pensativo.

Dina, que observava a conversa, disse.

– Vá se acostumando, Jos. Preta Lina fala coisas que a gente só vai entender depois de algum tempo.

Jos terminou o café e saiu a caminhar pelo bairro. Não foi difícil conhecer os comerciantes de pedras e de ouro que lhe foram apresentados por Alaor. Jos rodou pelas ruas mais movimentadas do bairro, encontrou outros recém-chegados como ele, refugiados da guerra que precisavam vender alguma pedra preciosa, bracelete ou corrente de ouro para sobreviver. Os humores da guerra recém-terminada sopravam no Brasil, e São Paulo recebia um sem número de imigrantes. As incursões de Jos pelo bairro se repetiram nos outros dias e ele multiplicava o dinheiro que começou a emprestar a juros. Em dois meses, todos no Bom Retiro conheciam o *grine*[8] elegante que morava na zona e que fazia bons negócios.

---

8. Judeus recém-chegados, sobreviventes do holocausto.

Jos começou a frequentar o comércio de Alaor e mostrou interesse em colocar algum dinheiro para facilitar as compras que o amigo precisava fazer para o comércio girar. A loja de tecidos na Rua José Paulino ficava na proximidade do Clube Progresso, e o local passou a ser o ponto de referência para quem quisesse encontrar Jos, que ganhou a confiança de Alaor. Ali muitos paravam para tomar empréstimos, vender joias ou comprar ouro.

Jos estava postado na entrada da loja de Alaor quando avistou Anna, que carregava uma sacola. Ela não percebeu a presença de Jos. Ele viu quando ela se aproximou da porta do Clube Progresso e foi cercada por um grupo de jovens em uniforme escolar. Colocou a sacola no chão e a abriu, retirando pacotes que Jos percebeu serem livros. Jos continuou a olhar enquanto ela distribuía os volumes. As reações se repetiam a cada livro entregue, os meninos e as garotas partiam correndo e subiam os degraus da escadaria que levava ao salão do clube Progresso. Por fim, Anna os seguiu. Jos perguntou para Alaor se sabia de alguma atividade de Anna no Clube Progresso, ao que Alaor respondeu.

– Faz anos que Anna empresta livros para os jovens da escola do bairro e os reúne todas as semanas para conversar sobre os livros. Acho que ela gosta muito de ler e contar histórias.

– E esse tal de Clube Progresso? – Perguntou Jos.

– É um clube dos judeus comunistas, não entendo direito do que se trata, mas parece que organizam debates e fazem bailes nas noites de sábado.

– E Anna não tem problemas para frequentar o lugar? Perguntou Jos.

– Acho que é o único clube social que abre as portas para uma mulher da vida, você sabe como são as pessoas.

Jos balançou a cabeça e viu alguns meninos que chegaram atrasados e subiram, às pressas, as escadarias do prédio. Alaor percebeu que Jos estava surpreso e comentou.
– Aprendi que as pessoas podem nos surpreender.
– É mesmo, podem nos surpreender. – Repetiu Jos.
– Jos você tem tempo disponível hoje? Eu preciso de um favor. Espero a chegada de três clientes. Você poderia ficar aqui para receber o dinheiro que eles entregarão?

Jos concordou, sentou-se ao balcão de onde manteve o olhar na porta do clube. Viu quando os jovens saíram duas horas depois e por fim Anna apareceu. Os jovens beijavam o rosto de Anna e saíam correndo com os livros nas mãos, se enfiando pelas ruas do bairro. Jos espreitou o rosto de Anna que se afastava.

Ao final da manhã chegaram os clientes de Alaor.
– Sim, podem deixar o dinheiro comigo. – Jos apresentou-se, descreveu o montante que deveriam pagar, recebeu e conferiu o dinheiro que dividiu em dois maços, uma parte colocou na caixa de Alaor e a outra parte guardou no bolso. Ao final do dia Jos fechou a loja e deixou a chave sob a porta.

Voltou para casa pensando em Preta Lina e em Anna, que ainda não retornara. As meninas estavam nos quartos e Preta Lina já havia ido embora. Jos subiu as escadas, virou à esquerda, abriu a porta do quarto de Anna e entrou no aposento. Uma cama ocupava o centro do quarto e no extremo oposto havia um espaço que ficava na penumbra. O sol da tarde entrava pela janela ao lado da cama e Jos caminhou para o anexo. Pouco a pouco pôde ver três estantes que cobriam as paredes, do chão até o teto. Livros e mais livros se espalhavam ordenadamente, cada qual com um número de referência, muitos com marcadores. Jos escolheu um ao acaso, onde leu: "Esaú e Jacó, Machado de Assis".

A porta do quarto foi aberta por Dina, que ralhou em tom ríspido.

– Eu vi quando você entrou. Saia já deste quarto antes que Dona Anna chegue! Você não tem nada para fazer aqui.

Jos olhou para Dina.

– Eu costumo andar por onde quero e não preciso seguir ordens de ninguém. Já te disseram que você fica atraente quando está brava? Que tal me ensinar um pouco de português na cama, hein menina? Jos segurou Dina pelo braço e apertou-lhe os seios com a outra mão. Ela se soltou e saiu do quarto descendo as escadas. Jós ainda tentou segui-la, mas parou ao cruzar com Anna, que entrava na casa carregando mais livros.

CAPÍTULO 8

Bom Retiro e a carioca Joan Fontaine (1949)

Jos acordou com batidas na porta que ressoaram pelo cômodo. Sonolento, imaginou que fosse o barulho do trem passando pelos trilhos alinhados a poucos metros do fundo da casa. O passar do trem lhe fazia lembrar a estação de Ede-Wageningen. Quando menino atravessava a linha pedalando a bicicleta aos solavancos por sobre os trilhos, e ouvia o alerta do guarda da estação. A voz de Anna chamando pelo seu nome o resgatou à realidade. Sem floreios, Anna falou.

– Precisamos conversar. Vista-se e suba as escadas.

Jos mexeu os braços, uma das pernas estava dormente e a outra perna obedeceu ao comando de despertar. Saiu da cama reclamando, gostava de dormir pelas manhãs, marcava os seus compromissos para depois do almoço, o que lhe permitia exercitar a preguiça matinal. Levantou-se e seguiu na direção do banheiro resmungando e batendo a perna sonolenta no chão.

Depois de uma hora, o tempo necessário para a preparação matinal, Jos encontrou Anna à sua espera na poltrona do hall superior.

– Pois bem, quais as ordens agora.

– Eu não dou ordens – disse Anna – quero falar sobre a entidade beneficente e te dar uma tarefa. Ou você acha que vai morar aqui de graça pelo resto da vida?

Jos ouviu detalhes sobre o funcionamento da organização do Rio de Janeiro que assistia as prostitutas judias envelhecidas e carentes que contavam com o parco dinheiro arrecadado para os gastos da idade. Anna explicou que a gerente era Joan, amiga que tinha um escritório de exportações no Rio de Janeiro. Conhecera a profissão e agora era uma empresária bem-sucedida que separava um tempo para cuidar das finanças da entidade, enviando dinheiro todos os meses para São Paulo. Era uma ajuda temporária, Jos ouviu de Anna. Teriam 12 meses para levantar dinheiro e tornar independente a entidade criada em São Paulo.

– Mas como vou fazer? Quem vai contribuir? – Perguntou Jos.

– Você saberá como agir, mas vou te dar uma pista. Aqueles que mais nos combatem, os críticos que celebram os bons costumes e querem acabar com a zona de meretrício, são os nossos principais fregueses. Eles não vão querer ter o nome envolvido com uma casa de tolerância, não é mesmo? – Respondeu Anna. – Fale com Egídio, ele irá sugerir métodos convincentes. Os doadores potenciais não gostariam de ter o nome envolvido com a polícia ou de aparecer na coluna policial dos jornais. Pode chamar de extorsão ou encontre outro nome, o importante é conseguir o dinheiro e assim justificar a sua estada aqui, o custo mensal que temos é alto e precisaremos de autonomia dentro de um ano. Pois agora este problema também é seu, e trate de andar rápido. Você foi competente para organizar o tráfico de mulheres, e se firmar aqui com seus negócios, o objetivo agora é bem mais simples. Joan vai mandar instruções por escrito via correio, ela me telefona uma vez por mês, você sabe como são caras as ligações telefônicas interurbanas aqui?

– Se esta sua amiga Joan, for bonita como Joan Fontaine eu quero conhecê-la. Estou interessado em visitar o Rio de Janeiro, a cidade maravilhosa, não é assim que vocês chamam? Quem sabe ela me convidará para ir até lá. Eu assisti os filmes estrelados por La Fontaine, ainda me recordo de Adeus Mulheres, Rebecca a Mulher Inesquecível e outro filme, Suspeita. Joan Fontaine é inesquecível.

– Você irá ao encontro de Joan quando ela sinalizar. Por enquanto temos uma tarefa a cumprir. Faleceu Dona Rebecca, aos 88 anos. Sempre doente, ela sofreu nos últimos tempos. O corpo está no velório do hospital municipal da Cachoeirinha, um bairro na zona norte da cidade, e seguirá ainda hoje para o cemitério que fica ali perto. Trate de ir logo. Dina vai arranjar um carro para te levar, eu sigo depois. No cemitério procure o escritório da administração onde você encontrará uma amiga que vai te entregar o envelope com o dinheiro encaminhado por Joan. Será suficiente para pagar pelos serviços do funeral e deverá sobrar algum valor para os gastos do mês.

– Gostei da tarefa. Joan Fontaine promete. – Comentou Jos.

As ruas pavimentadas de São Paulo chegavam até a ponte de madeira que cruzava o rio e as várzeas. A partir da margem norte do Rio Tietê, o caminho continuava pela estrada de terra ao longo do córrego Cabuçú, que corre da serra em direção ao rio. O táxi seguiu na direção da Cachoeirinha. A serra crescia aos olhos de Jos, à medida que o carro se aproximava do bairro. O motorista pediu informações para um senhor japonês. Estavam a poucos minutos do cemitério. A cidade ficara contida pelo rio e a margem norte servia para despejar o lixo gerado pelas casas dos bairros centrais de São Paulo. O rio era o esgoto da cidade, o ponto de descarte das suas mazelas. Ao longo do trajeto, Jos viu aglomerados de casas rústicas, crianças negras brincando nas ruas de terra, mato crescendo pelos terrenos vazios e carroças puxadas por cavalos.

O cemitério era um descampado que contava apenas com o muro frontal. Qualquer um poderia transitar entre os túmulos desprotegidos. Jos desceu do táxi e atravessou o portão. Um funcionário cuidava do escritório. Trajava camisa aberta até o umbigo e o cigarro pendurado nos lábios parecia fazer parte do seu corpo. Informou sobre os custos que teriam de ser pagos antes da cerimônia fúnebre. Apertando os olhos para se proteger da fumaça do cigarro, apontou para uma mulher sentada ao lado da porta.

– Aquela moça quer falar com o senhor.

Jos dirigiu-se para a mulher elegante. Ela trajava chapéu com renda que cobria parte do seu rosto. Jos apresentou-se e perguntou?

– Você trabalha com Joan?

– A minha patroa mandou que lhe entregasse este envelope com dinheiro. É suficiente para cobrir as despesas dos próximos três meses.

Jos abriu, conferiu o valor, voltou-se para o funcionário, fez o pagamento e pegou um recibo feito em seu nome, em seguida perguntou.

– Onde está a falecida?

– Lá. – O burocrata apontou com o queixo, o cigarro ainda a pender dos beiços.

Jos voltou-se para falar com a mulher e viu que ela se afastava, caminhando em direção ao portão do cemitério. Jos correu para alcançá-la, mas desistiu quando a viu entrar no taxi. Deteve-se num local elevado, de onde pôde ver o caixão colocado no chão ao lado da cova. Observou Anna, Preta Lina, Dina, e outras cinco mulheres acompanhadas por um senhor com barba comprida e trajando paletó escuro, inconsistente com o calor que fazia. Tinha a cabeça coberta por um solidéu, rezava com voz quase inaudível e o seu corpo balançava acompanhando a oração. O religioso perguntou quem era a pessoa mais próxima da D. Rebecca. Anna se apresentou e o homem pediu-lhe que abrisse os botões da blusa de modo a deixar à mostra um pedaço da roupa. O religioso, com uma pequena tesoura, fez um talho no tecido e em seguida Anna tomou uma ponta da blusa e rasgou com vigor. Dois coveiros baixaram o caixão e o cobriram, com movimentos ritmados, devolvendo a terra amontoada ao lado da cova. O religioso concluiu as orações. Ninguém soube dizer os nomes dos pais da falecida. O silêncio o motivou a falar do passado desconhecido daquela mulher, falou da vida que ela conheceu, da família que desapareceu nas cinzas da guerra, da sina de quem não teve opção para sobreviver, de quem foi enganada sempre. Voltou a orar e orientou como deveriam guardar o luto. Baixado o corpo, o grupo se dispersou ficando ao lado da cova apenas Anna, Jos, Preta Lina e o religioso.

– Senhor Hil. Obrigado pela ajuda, além do senhor ninguém aceitaria rezar por esta mulher, como não aceitarão rezar por mim. O Senhor arrisca a sua reputação ao vir até este cemitério, mas pratica uma *mitzvah*⁹. – Disse Anna, ao que o Senhor Hil respondeu:

– Talvez sejamos diferentes na vida, mas na morte somos iguais. Esta mulher não tem passado. Quem saberá dela amanhã? Haverá sequer um nome a indicar quem está enterrado aqui? Será que os ossos serão removidos para dar lugar a outras mulheres sem passado? – O homem deixou as perguntas no ar e depositou duas pedras sobre a terra que foi colocada pelos coveiros. Caminhou na direção de uma torneira que gotejava num canto do muro, lavou as mãos e seguiu para o portão.

Anna caminhou na direção de um táxi que a esperava à entrada do cemitério. Preta Lina a seguiu com o passo lento, carregando o corpo pesado, e sentou-se ao lado do motorista. Anna, Dina e Jos se acomodaram no banco de trás do Buick preto. O motorista deu partida no motor e iniciou o caminho de volta. Depois de alguns minutos de jornada, Preta Lina pediu-lhe que parasse o carro à sombra de um flamboyant, no local onde a estrada margeava o córrego Cabuçú. O ruído de uma pequena cachoeira cresceu quando o motor foi desligado. De onde estavam, avistava-se a cachoeirinha que dava nome ao bairro e era ladeada por árvores onde crianças brincavam. Preta Lina se embrenhou na trilha marcada na mata, caminho que a velha negra percorreu segurando um maço de flores. À beira do curso d'água Preta Lina orou para Oxum e atirou a oferenda nas águas da cachoeirinha. Retornou para o carro e o grupo prosseguiu a viagem na direção da margem sul do Tietê.

9. Bênção, atitude iluminada.

No trajeto até o Bom Retiro, Anna pensou em D. Rebecca, que conhecera ainda jovem. Lembrava-se da beleza da amiga, disputada pelos clientes da casa onde ambas trabalharam. Os fregueses faziam confidências, promessas de vida a dois, diziam que montariam garçonière para ela no centro da cidade. Rebecca chegou a acreditar nas promessas que nunca se cumpriram. A sífilis a atingiu, no início de modo lento, quase imperceptível. Com o tempo veio o decaimento físico, a beleza deu lugar à flacidez, marcas na pele, a doença atacou a visão e as mucosas do corpo passaram a exsudar fluidos purulentos, e nos últimos tempos as dores a impediram de andar. Nenhum carinho daqueles que beijaram o seu corpo jovem. No final foram meses de agonia na cama do hospital municipal.

Anna olhava a paisagem do córrego do qual a estrada não se afastava.

Será que terei o mesmo fim de Rebecca? Às vezes penso que todas as *krankes* que peguei voltarão e não me deixarão em paz. E Egídio, diz gostar de mim, quer comprar casa no interior e me sustentar como madame. Será?

Preta Lina olhava a paisagem e pensava nas águas de Oxum.

As águas não param de passar mesmo quando a vida termina, como no caso de Dona Rebecca. Osum é fluxo, é vida, é transparência e sedução.

O motorista resmungava contra a estrada sem calçamento e Jos apalpava as coxas de Dina, que se defendia como podia.

Quando o táxi chegou ao destino, Jos foi para o quarto esconder parte do dinheiro recebido. Anna ficou sozinha na sala, aguardando a ligação telefônica para o Rio de Janeiro que agendara com a telefonista no dia anterior. Preta Lina, a limpar e organizar a sala, ouviu a fala de Anna ao telefone.

– Sim, deu tudo certo, ele quer te conhecer mas vamos esperar mais um pouco, vou te manter informada.

Quando Jos entrou na sala, Anna interrompeu a conversa telefônica e perguntou se tudo dera certo com o pagamento.

– Você recebeu o dinheiro do Rio de Janeiro?

– Sim, aqui está o dinheiro para dois meses. Este seu novo administrador sabe fazer as coisas. Agora só falta você me passar o telefone de Joan. Eu quero conhecer o Rio de Janeiro.

Um mulato de meia idade desceu da viatura policial à frente da casa de Anna. Olhou ao redor, passou os dedos sobre o bigode esculpido por algum barbeiro detalhista, rodeou o carro chapa branca, debruçou-se sobre a janela do motorista e lhe disse algo. Levou à cabeça o panamá e subiu os degraus da casa onde Anna o aguardava. O carro oficial seguiu caminho. Abraçados, Egídio e Anna subiram a escadaria, ela mais alta do que ele, entraram na casa e sentaram-se nas poltronas do hall da escada.

– Tu trouxe o dinheiro? – Perguntou Egídio e Anna entregou-lhe o envelope pardo.

– Só isto? – Indagou Egídio depois de conferir as notas.

– Tivemos alguns problemas – comentou Anna. – Dina adoeceu, pediu algum emprestado e eu tive contas inesperadas a pagar.

– E tu emprestou sem me perguntar nada? Tu sabe que eu não gosto que mexam na minha grana. Por que não pegou algum daquela rapariga do Rio de Janeiro?

Antes que Anna respondesse, Jos entrou na sala, todo arrumado e trajado para iniciar as atividades pelo bairro. O pente à mão deslizava pelos cabelos louros.

– Eis o homem da casa. Ele anda trepando contigo? – Perguntou Egídio para Anna em voz alta para ser ouvido.

Jos, sem se incomodar, aproximou-se do balcão do bar. Egídio desceu as escadas, cumprimentou Jos com tapinhas nas costas e logo os dois estavam lado a lado no balcão, pedindo café para Preta Lina.

– Então, caro Jos, soube que tu anda fazendo sucesso no bairro. A esta altura tu sabe que este é o país dos espertos. Tu leva jeito, vai se dar bem por aqui. Sabia que fui eu quem ajeitou a papelada para que tu ficasse nesse nosso paraíso tropical?

– Eu sei que lhe devo favores e sei também que você é um homem com contatos que me interessam.

– Acontece que bons contatos não bastam para segurar o meu negócio – comentou Egídio. – Preciso molhar as mãos de um bando de políticos. É assim que as coisas funcionam por aqui. O governador trabalha para proibir a minha atividade no Bom Retiro, mas eu pago uma grana para os amigos do Ademar há quase dez anos. Nos últimos tempos os prefeitos de São Paulo nem esquentam a cadeira, ficam um ano, enchem as burras e trocam de lugar. Sai a porcada gorda e entra a porcada magra.

– Sabe, doutor Egídio, na Europa o negócio dos bordéis também não anda muito bem – comentou Jos. – As putas continuam a trabalhar, mas o número de bordéis diminuiu. A Europa está sendo reconstruída e as mulheres agora têm trabalho, a preferência do público passou a ser cabarés com música, shows, bebidas e drogas. O ópio e a heroína fazem sucesso. É por assim que apareceram estas francesinhas aqui. Elas perderam o emprego, não podem concorrer com as mocinhas, então decidem fazer a América. Talvez o senhor também devesse diversificar os negócios. Por exemplo, eu posso ajudá-lo a vender produtos brasileiros na Europa.

– Produtos? Que tipo de produtos? – Indagou Egídio alisando os bigodes.

– Pedras, por exemplo. Pedras semipreciosas. Eu tenho comprado algumas que rolam de mão em mão pelo Bom Retiro. Um lixo, lapidação muito ruim. Se pudermos comprar pedras brutas e mandar diretamente para Antuérpia, lá eles sabem lapidar muito bem.

– Antuérpia. Onde fica isso?

– Bélgica, caro doutor Egídio. Tenho amigos por lá que podem ajudar. Acho melhor o senhor pensar nisto antes que o Ademar acabe com os puteiros do Bom Retiro. Um novo negócio, o que acha?

– Vou pensar, conversaremos na minha próxima visita. Vou checar os contatos que tenho em Minas Gerais, lá em Governador Valadares. Acho que tem um comércio de pedras por lá. Mas antes das pedras eu preciso de ti nos próximos dois meses pois vou me ausentar de São Paulo e quero alguém para coletar a grana das minhas meninas. Tu pode me ajudar? – Perguntou Egídio.

– Eu preciso saldar minha dívida com o senhor. Tenho alguma escolha, Doutor? – Comentou Jos.

– Vou avisar que tu será o meu agente. É só pegar os envelopes nos endereços que eu indicar e entregar no meu gabinete na Secretaria de Segurança. Procure pela minha secretária.

– E eu fico com quanto? – Perguntou Jos.

– Deveria ser parte do pagamento da dívida, mas eu sou um homem bom, deixarei um pagamento com a secretária em envelope separado. Eu vou confiar em ti e tu em mim. Amanhã tu vai receber a lista das casas com endereços e nomes das minhas meninas. Elas vão ser informadas.

Preta Lina trouxe duas xícaras com café fresco. Egídio virou todo o café de uma só vez e saiu. A velha encarou Jos com ar de censura.

Pra que mais dinheiro? Pedras preciosas são coisas boas para oferenda de Oxum. Ele gosta de usar colares bonitos, afora isso, não servem para nada.

Sem dar atenção para a velha, Jos arquitetava planos. Precisaria contar com Cornelius, e seguiu correndo para seu quarto, pegou papel e caneta e escreveu.

"Prezado Amigo.

Soube da sua volta por carta recebida do barqueiro que te entregou um envelope. Imagino o sofrimento passado no campo de concentração. Mas a vida deve prosseguir, não é mesmo? Talvez você saiba que eu perdi os meus pais, levados para Theresienstadt, mas o assunto hoje é outro.

Eu te escrevo para propor um projeto pensando no nosso futuro. É simples, eu só preciso de uma pequena ajuda sua que será bem remunerada. Trata-se da seguinte proposta: a cada dois meses vou enviar, por navio, algumas caixas com pedras brasileiras. Chegarão no porto em Rotterdam e você irá retirá-las e levar para a sua casa. De tempos em tempos vou fechar negócio com as casas de lapidação na Antuérpia que garantirão a entrada do produto. Tudo legal, tudo certo. Os colegas da alfândega na Antuérpia e em Santos já estão dentro dos meus planos. Eu preciso de um entreposto seguro para deixar sempre algum estoque.

Caro amigo, os tempos heroicos passaram, agora precisamos ganhar dinheiro. Se você aceitar, por favor me responda por carta e combinaremos um primeiro envio para servir de teste. Não mande telex. Precisamos ter cuidado.

Um abraço do seu amigo.

Jos Litvak"

"Em abril a luz do sol tem um brilho especial." Pensava Anna ao pendurar no braço a cesta de vime que levaria para a feira livre. Dina a acompanhou tendo em mãos uma lista de produtos necessários para a ceia de *Pessach* que se aproximava. As meninas não judias se divertiam, as judias se recordavam da infância na Europa. Judias ou não, todas estavam envolvidas com a atmosfera do *Pessach*. Preta Lina conhecia as melhores bancas na feira para a compra dos ingredientes. Como mal conseguia caminhar, ficou em casa a preparar as panelas. Na feira, Anna caminhava à procura dos produtos, ela e Dina crivadas com os olhares acusadores das frequentadoras da feira.

– O que estas *curves* estão fazendo aqui? – Comentou uma senhora com sotaque carregado, desviando de Anna que conferia a lista dos produtos que faltavam. Dina lia em voz alta.

– Uvas pretas, mel, ovos, *matza*, farinha de *matza*, carpas, vivas de preferência, galinhas, cebolas, *chrein*[10], um bom pedaço de carne de vitelo, hortelã.

---

10. *Chrein*, Raiz forte.

Anna lembrou de algo. – Tem uma senhora na Rua da Graça que prepara patê de fígado, *schmaltz* e *flomen* para sobremesa, vamos até lá para ver se ela ainda tem.

Dina ouvia e carregava a cesta de vime de banca em banca. Na rua José Paulino ambas entraram no *schoichet*[11] que abateria as galinhas mantidas à vista dos clientes. Anna escolheu quatro das gordas e pediu para que o *schoichet* fizesse o trabalho.

– E vocês têm dinheiro limpo para pagar? – Perguntou o homem que fazia o abate ritual. Antes de ouvir resposta uma menina entrou com a mãe na loja. A criança exclamou ao ver Anna.

– Tia, o livro que a senhora me emprestou na semana passada é muito lindo. Estou adorando a história de ...

A mãe interrompeu a filha e a puxou para fora da loja sem comprar nada. Falava em voz alta.

– Você vai devolver estes malditos livros que esta puta te emprestou, onde já se viu, eu falei que não quero ver você falando com esta *curve*.

Anna viu a cena e retomou a conversa com o vendedor de galinhas. – Nós temos para pagar. Quer vender as galinhas ou não quer vender as galinhas? Pode matar que nós pagaremos, ou se preferir, podemos andar até o seu concorrente na Rua do Areal.

O homem enxugou as mãos no avental, meteu o braço dentro da gaiola e agarrou, pelas pernas, as galinhas que se debateram e cacarejaram em desespero. Devidamente amarradas, dependuradas de cabeça para baixo em um cabo de madeira, foram levadas para o cadafalso. No fundo da loja, fora do alcance dos olhares

---

11. *Schoichet*, que pratica o abate ritual.

dos clientes, o *schoichet* fez o abate ritual e trouxe as galinhas acéfalas. Embrulhou-as em jornal e as entregou para Anna.

Tudo comprado, Anna e Dina voltaram para casa. A movimentação era intensa. O jogo de talheres foi retirado das caixas guardadas na biblioteca. As carpas nadavam na banheira do quarto de Anna. Preta Lina depenou e começou a cozinhar os frangos, preparou ovos e cebola, temperou a carne e preparou a massa que serviria para encher a pele dos pescoços das galinhas para fazer o *meigale*. Do alto do armário, Dina baixou cinco garrafas com o sumo das uvas pretas compradas na feira, semanas antes, doses maciças de açúcar. O suco fermentava e estava no ponto de ser coado, separando um xarope que seria o vinho feito em casa.

– Amanhã eu quero tudo pronto para o *seder*. A partir de hoje fecharemos as portas. Seremos só nós, o Alaor, o Egídio, Jos, Jacó e o senhor Hil, que lerá a *hagadá*[12].

– Mas, e o vinho *casher*? – Perguntou Dina.

– Eu faço o vinho virar *casher* na hora, não se preocupe – respondeu Anna enquanto Preta Lina sorria e enchia as peles dos pescoços das galinhas com o recheio feito de farinha de *matze*. – Anna prosseguiu. – Preta Lina, você faz o melhor *meigale* que se pode encontrar entre o Brasil e a Bessarábia. Quando estiver a caminho da sua casa, compre quatro garrafas de vinho tinto na adega dos padres na Rua dos Italianos, peça para que o carroceiro Francisco entregue aqui. – Pediu Anna dando o dinheiro para Preta Lina.

---

12. Relato da fuga dos Judeus do Egito.

Naqueles dias a Rua Professor Lombroso mantinha a movimentação normal, apenas alguns clientes estranharam a porta fechada da casa de Anna. O cheiro da comida vazava para a rua, motivando os passantes a parar. Anna estava eufórica quando, ao final do dia, o Sr. Hil chegou andando pelos cantos da rua para não ser visto.

Com as portas fechadas e a mesa posta, as meninas novas perguntavam o significado da bandeja especial com alimentos, ovos, *maror, chazeret* – raiz forte – *charosset* – purê de maçã, salsão. Todos sentados à mesa conversavam e ouviram Hil falar sobre o significado do dia. Lembrou da escravidão bíblica e da escravidão recente, do holocausto do qual haviam escapado, lembrou dos que não tiveram a mesma sorte, falou dos homens justos, os pilares que sustentam a humanidade, da importância de estarem juntos, falou da irrelevância da diferença dos credos e do seu respeito pelas escolhas de cada um. Enquanto falava, Hil lavava as mãos com a água de um jarro, pegando a batata cozida na água com sal e separando o pão ázimo. Encheu a taça com vinho e pronunciou em voz solene.

– *Baruch Ata Adonai, Elokenu Melech haolam, borei peri hagafen.*

Feita a benção do vinho, Hil passou a ler a *hagadá*, contando a história da fuga do Egito, das pragas, da passagem pelo deserto. Ao falar entremeava o discurso com canções e explicações sobre o ritual da ceia.

As meninas mantinham os olhos postos no senhor Hil, que falava com voz calma, limpa e tinha um olhar com o qual as meninas não estavam acostumadas. Jos queria ir logo para a cama com Dina. Impaciente, ele não esperou o término do ritual para falar de negócios com Alaor, que era a sua principal fonte de renda, e tratou com Egídio dos interesses comuns das pedras e dos bordéis. Hil entoava orações e seus olhos brilhavam.

Jos apalpava as pernas de Dina por baixo da mesa enquanto Hil lembrava.

– Fomos escravos e agora somos livres...

Egídio pensava nas pedras preciosas que conseguira comprar em Minas Gerais enquanto Hil perguntava.

– Por que esta noite é diferente das outras noites?

Dina sentia as mãos de Jos nas suas coxas, e pensava em como seria bom se ele realmente quisesse a sua companhia na vida, enquanto Hil concluía.

– Porque vivemos, existimos e chegamos a este momento...

Enquanto isso, Anna pensava em preparar um *seder* bem longe dali, junto com Egídio.

A comida foi servida por Preta Lina, que dormiria na casa de Anna nesta noite. Abriram todas as garrafas de vinho, as que Anna produziu e as que foram compradas dos padres. Preta Lina viu uma taça de vinho perto da porta e perguntou:

– Dona Anna, alguém esqueceu o copo de vinho ali. – Anna explicou que era a taça do Profeta Elias, Eliahu, que viria tomar o vinho um dia, em algum momento.

Preta Lina considerou. – Ah, uma oferenda.

E o Sr. Hil concluiu.

– No ano que vem, em Jerusalém. E colocou um disco na eletrola com canções tradicionais.

A conversa sobre dinheiro dominou o final da ceia. Alaor reclamou do faturamento que havia despencado nos últimos meses. Anna comentava que a amiga do Rio de Janeiro, a Joan, passou a enviar apenas a metade do que costumava fazer. Egídio dizia que os tempos não estavam fáceis.

– Tem muita gente ganhando dinheiro no Brasil, mas parece que a freguesia dos bordéis encontrou alternativa melhor. A grana que recebi nos últimos meses foi menor do que de costume. – Falou Egídio olhando para Anna. – E ainda por cima Anna empresta dinheiro para as meninas e não sabe quando vai receber de volta. Péssima comerciante.

Jos ouvia os comentários e bolinava Dina por baixo da mesa, com o pé entre suas coxas.

Preta Lina que até então só observava, interveio:

– Vocês falam dos negócios que não andam bem. Queria que conhecessem a favela na beira do rio Tietê, lá para as bandas que vocês não costumam frequentar, nem mesmo o doutor Egídio. Só os seus policiais aparecem de vez em quando distribuindo cacetadas quando procuram algum negrinho suspeito de roubo. Por lá, mesmo gente de bem, apanha. Se vocês chegarem lá na várzea do rio Tietê vão achar que tudo aqui vai muito bem.

Jos progride no Bom Retiro

Jos tornou-se conhecido no bairro, era um *grine* diferente dos muitos que vieram para o Brasil. Enriqueceu em pouco tempo, demonstrava elegância nos trajes em tons claros, de tecidos finos, e no panamá que adotara para proteger-se do sol. Eram suas marcas registradas. Andava pelo bairro e travava conversas animadas que lhe garantiam portas abertas e admiradores invejosos. Relacionava-se bem com todos, aos italianos emprestava dinheiro a juros, o mesmo fazia com os patrícios judeus, vendia e comprava tudo o que tivesse algum valor. Os portugueses, antigos moradores do bairro, viam em Jos um tipo estranho, um almofadinha. Jos travava conversas e ganhava a confiança de todos.

Quando perguntavam aos patrícios – por que escolheram o Brasil para viver? – ouviam a mesma resposta. " Não havia outro país aberto para nos receber e não tínhamos a menor ideia para onde estávamos indo. " Para Jos foi diferente, escolheu o seu destino, conheceu gente graúda como os membros da EZRA, que o convidaram para participar das reuniões da entidade beneficente judaica. Todos sabiam, ao menos desconfiavam, da origem pouco honesta do dinheiro doado por Jos, mas não faziam perguntas.

Jos frequentava os cinemas do centro e ia aos bailes do Clube Progresso onde encontrava alguma jovem para lhe fazer companhia. Jos deixou a casa de Anna, preferiu viver num cômodo do apartamento sobre a loja de Alaor, de quem tornara-se sócio e homem de confiança em todos os negócios. Foi Alaor quem entrou na loja naquela manhã de junho, fazendo alarde e chamando Jos para contar uma novidade.

– Consegui comprar o imóvel na Rua Santa Efigênia, agora sim teremos uma loja num bairro melhor do que o Bom Retiro. Vamos faturar muito. Começaremos a reforma imediatamente. Será uma loja com o mesmo modelo desta – falava apontando para as prateleiras em madeira que preenchiam as paredes do chão ao teto, – só que mais refinada. Vou fazer um apartamento no andar superior e quero que você amplie a sociedade comigo, aceita?

– Claro Alaor! Continuaremos sócios e eu ficarei por aqui, cuidando desta loja – respondeu Jos. – Tenho outros negócios no bairro, não posso sair daqui.

Alaor ponderou. – Acho uma boa ideia. Eu farei as compras para abastecer as duas lojas e você cuidará desta, do dinheiro e dos bancos. Eu não tenho paciência para burocracias.

Jos ficou livre e solto para agir. Contratou um preposto, Michelle, que passou a cuidar dos clientes e a fazer a coleta do dinheiro de Egídio, este cada vez mais ausente. A aposentadoria de Egídio na polícia se aproximava e ele dizia em alta voz. " Policial aposentado vira cobra sem dentes". Jos tornou-se o coletor do dinheiro enquanto Egídio garantia a proteção aos lupanares, só que os tempos estavam mudando. Getúlio deixara a presidência e elegera o seu sucessor, o General Dutra. O governador de São Paulo, Ademar de Barros, agia à sua maneira e os prefeitos da cidade de São Paulo se sucediam anualmente em troca de favores políticos.

Com Alaor na Santa Efigênia, sobrou espaço para os negócios de Jos, que usava o capital acumulado por Alaor para realizar o seu grande negócio. As tratativas com os comerciantes de turmalinas, topázios e esmeraldas de Minas Gerais iam bem, os primeiros carregamentos de gemas estavam sendo preparados. Tudo precisaria ser feito com cuidado. De Santos, as pedras seguiriam por navio para Paramaribo, onde Jos tinha contatos, e de lá, já em território holandês, iriam para Rotterdam e dali para Antuérpia.

Michelle passou a percorrer os puteiros, arrecadando dinheiro para Egídio. Visitava dez casas, sempre no mesmo dia do mês. Em pouco tempo, o jovem ajudante aprendeu o serviço. Trazia o dinheiro para Jos conferir, separava o seu quinhão, e levava o envelope, cada vez mais magro, para o escritório de Egídio, na sede da polícia.

Algumas vezes era necessário o uso de métodos especiais para lidar com as rixas. Michelle ouviu uma ordem de Jos, cada vez mais comum.

– Pois trate de mandar o Rubião para dar um ajuste neste cara. Quem tomou emprestado tem que pagar. Manda salgar bem a cara dele para aprender. E veja se aumenta a nossa parte da grana dos puteiros. O Egídio já não tem muito a oferecer, agora sou eu quem faz a segurança.

Jos recebia os clientes na sobreloja, ao lado do apartamento, o mesmo que fora de Alaor. Ao telefone falou com o contador.

– O lucro da loja está bom, mas cuide para eu não ter que pagar impostos. Ah, sei, sei. A entidade beneficente recebeu a grana do Rio de Janeiro. É pouca coisa, mas veja se segura os gastos e arranje notas frias. Qualquer coisa serve. Remédios, por exemplo, arranje notas de remédios, as velhas sempre precisam de remédios.

Jos mantinha a rotina, que incluía o lado voyeur, espiando, da janela do escritório, as visitas semanais de Anna ao Clube Progresso, levando livros para os estudantes. Andava pelo bairro fazendo negócios, ia aos bailes do Clube onde as meninas pudicas mantinham dele uma distância segura. Intimidades mesmo só quando visitava Dina. Passou a ser chamado para resolver encrencas em bordéis cujos clientes bebiam algo a mais e se desentendiam. Com métodos próprios Jos ganhava o posto de Egídio. Na porta que dava acesso ao escritório passou a manter o segurança, Rubião, um leão de chácara que conhecera numa boate. Alguns clientes reagiam com truculência quando Jos cobrava os juros dos empréstimos, então Rubião entrava em cena.

A rotina de Jos foi interrompida no dia em que Michelle o procurou, preocupado. Com o sotaque italianado deu a notícia.

– Seu José – assim o chamava, – quatro casas não pagaram a conta deste mês, as mesmas que ratearam no mês passado. O doutor Egídio ficou nervoso.

– O que elas alegaram?

– Parece que existe uma data para o fechamento dos puteiros. A polícia não está obedecendo mais as ordens do doutor Egídio e nem as nossas. Algumas meninas estão indo embora.

– Vou falar com Egídio – disse Jos, sem tirar o olhar dos papéis.

Ao final da manhã, tomou o bonde em direção ao largo do Paissandú e caminhou até o prédio da polícia, onde procurou por Egídio. No edifício onde funcionava a secretaria de segurança, Jos entrou sem identificar-se, caminhou até o elevador, e passou pelo corredor longo iluminado por lâmpadas pendentes do teto por meio de fios empoeirados. Egídio o recebeu e mandou que se sentasse. Jos perguntou.

– O que passa, meu amigo? Problemas?

– Pois é guri, acho que o nosso negócio vai mudar. O governo tem data para fechar a zona do Bom Retiro. Aqueles que me davam guarida, desapareceram, não atendem aos meus telefonemas e nem mesmo querem receber a grana mensal. Acabou! Respondeu Egídio.

– Eu já esperava por este desfecho – falou Jos para Egídio. – Vou acelerar o negócio das pedras e espero que você não amoleça com os contatos na alfândega. Temos que passar as pedras sem vistoria. Esta parte está nas suas mãos, Egídio. Se você não trabalhar direito vamos ter que enfrentar os seus amiguinhos de Minas Gerais.

– Tu pode contar comigo, Jos. – Ponderou Egídio com atitude de obediência.

Jos retornou para a loja, calculando as mudanças que se anunciavam. Só não conseguiu avançar com a entidade beneficente do Rio de Janeiro. Joan não apareceu em São Paulo e Anna mantinha o cerco ao contato entre ela e Jos.

O comércio na José Paulino começava a abrir as portas. Dois homens de meia idade entraram na loja e encontraram Michelle a postos. Sem apresentações, foram direto ao assunto.

– Queremos falar com o Senhor Jos – falou um deles.

– Do que se trata? – Perguntou Michelle.

– Temos as amostras do material de Governador Valadares que ele pediu. – Michelle subiu as escadas e avisou Jos. Voltou com ordens para que os homens subissem acompanhados por Rubião.

No escritório Jos recebeu as amostras, acendeu a lâmpada do abajur e examinou, com um monóculo, uma a uma as gemas espalhadas sobre a mesa.

– A maioria tem inclusões, muitas fraturas e cor irregular. Estão fora de padrão. Eu preciso de pedras maiores pois existem perdas na lapidação e não se admitem inclusões. Os compradores europeus são exigentes.

Um dos comerciantes retrucou:

– Nós recebemos os lotes fechados e não podemos conferir, é a regra do negócio. O lote tem pedras muito boas e outras tantas de qualidade regular.

– Pois tratem de mudar a regra. Façam lotes melhores. Eu pagarei o preço combinado se receber algo que preste. Está na hora de entenderem que vocês não estão vendendo para turistas em Copacabana mas para importadores da Antuérpia. Tratem de fazer lotes adequados. Espero a quantia combinada dentro de trinta dias. – Jos se levantou, em atitude de despedida. Sabia que podia impor exigências. Os comerciantes precisavam dele para ter um canal com o mercado europeu. Jos falava várias línguas e retomava os contatos na Antuérpia, só faltava a resposta de Cornelius. Na verdade, o canal europeu era uma promessa ainda não realizada. Existia apenas na cabeça de Jos, mas isso ninguém mais sabia.

As primeiras cartas enviadas para o endereço de Cornelius nas imediações de Bocht van Bath não obtiveram resposta. Jos estava a ponto de desistir e já buscava outros contatos com comerciantes diretos na Antuérpia.

Preciso controlar as duas pontas, a da produção e a da venda para conseguir boas margens.

Enquanto Jos montava o esquema, Egídio criava conexões com os agentes da alfândega, em Santos, por onde passariam as caixas com as pedras preciosas. Egídio ligou-se aos agentes de Santos que tinham os pares em Rotterdam. Uma resposta, de Cornelius não chegava. Em nova carta Jos explicou os detalhes sobre o novo negócio, relatou sobre o sucesso obtido no Brasil e perguntou se Cornelius aceitaria receber caixas com mercadorias para vender no mercado europeu.

Segunda carta de Jos para Cornelius

"Caro amigo, você nem precisará abri-las, será apenas um endereço para receber os produtos. Penso que você poderia contratar um barco para retirar as caixas a cada três meses e levar para a Antuérpia. Você será bem remunerado.
Por favor, me responda.

Abraço,
Jos"

CAPITULO 9

Os negócios de Jos (1950)

A noite prometia ser movimentada. Antes da chegada dos primeiros clientes, Jos entrou sozinho na sala, foi ao bar e buscou uma garrafa de cachaça no espaço atrás do balcão. Com andar trôpego, saiu segurando a garrafa, arrumou o cabelo e sentou-se numa das mesas na sala junto a uma menina recém-chegada na casa.

– Hoje vamos celebrar. Vou ficar milionário. Onde está Anna? – Perguntou em voz alta. Jos bebeu mais um trago, segurou a menina pela cintura, e a puxou até um sofá. A jovem se acomodou no colo de Jos e respondeu.

– Dona Anna está cuidando da Dina. Parece que ela adoeceu.

Jos levantou-se com a garrafa quase vazia nas mãos, tomou o braço da menina e a puxou na direção do quarto, falando para todos ouvirem.

– Dina está doente, não serve para nada, vamos fazer a festa você e eu. Vou gastar por conta o dinheiro das pedras. – E entrou no quarto com a menina que simulava resistir.

Os gritos da menina soaram até que a porta do quarto fosse fechada, e o movimento na sala cresceu com a chegada de clientes. As vozes pararam de súbito, apenas a música da eletrola continuou com um samba canção, quando Anna apareceu no hall do andar superior amparando Dina, que tinha um passo trôpego. A perturbação aumentou quando Anna gritou.

– Alguém, telefone para o doutor Daniel. Ele precisa vir aqui com urgência.

Anna acomodou Dina no sofá e buscou um copo com água. Dina ainda estava deitada quando a porta do quarto se abriu e dele saíram Jos com a jovem guria, aos abraços e beliscões. Dina se pôs em pé, mostrando o corpo frágil e o rosto abatido. Encarou Jos e o agrediu com punhos cerrados, recolheu o pouco de energia que tinha e retomou o ataque, e com as unhas feito garras riscou a face bem cuidada de Jos. A reação foi imediata, Jos desferiu uma bofetada no rosto de Dina e saiu da casa com um lenço no rosto, limpando um fio de sangue que escorria da pálpebra. No portão, Jos deu com os ombros na figura do doutor Daniel que chegava com a maleta médica para atender Dina enquanto outros clientes deixavam a casa.

Daniel frequentava a casa de Anna, ora na qualidade de cliente, ora como médico para cuidar das meninas. O médico levou Dina para o quarto de Anna e a examinou com cuidado.

– Dina, você continua com a infecção venérea. Precisará tratar-se com antibiótico à base de penicilina. Tenho uma amostra comigo, o remédio é novo e tem trazido bons resultados para problemas como o seu. Você carrega esta infecção faz muito tempo, não sei se um dia vai livrar-se totalmente dela.

Ana e Dina quedaram-se pensativas na sala vazia de clientes. A eletrola fiel não parava de tocar boleros.

Jos voltou na manhã seguinte como se nada houvesse ocorrido. Era quinta-feira, dia em que Anna costumava levar os livros para as crianças. Ambos se encontraram no quarto dela e sentaram-se à pequena mesa da biblioteca.

– Anna, eu estou sem tempo para gerir a sociedade beneficente. Acho que já fiz a minha parte. Os meus negócios estão mudando e chegou a hora de conversar pessoalmente com Johanna.

– A sua dívida comigo ainda não foi saldada, mas concordo que você e Johanna devam se encontrar. Talvez ela venha a São Paulo. Você sabe que ainda estamos dependentes de poucos doadores.

– Acho que vocês devem desistir desta besteira. Vamos mexer com coisas que dão muito dinheiro. Por exemplo, vou precisar de você no negócio de pedras. Esta sua casa está com os dias contados, você sabe disso.

Egídio entrou no quarto, surpreendendo a conversa reservada.

– Parece que os amiguinhos estão conversando em particular. Alguma coisa que eu não possa saber? – Comentou o delegado esperando a resposta de Jos.

– Pelo contrário, eu estou aqui para avançar com o nosso negócio das pedras. Já tenho todas as pontas amarradas, falei com os comerciantes de Governador Valadares que trouxeram uma amostra de boa qualidade e o mais importante: recebi a resposta do contato na Holanda.

Egídio se acalmou e quis saber mais sobre os próximos passos com as pedras. Jos explicou.

– Vamos precisar de uma pessoa para levar as amostras para a Antuérpia. Eu vou para Minas Gerais para fechar a primeira compra do lote para exportação. Serão três caixas grandes cheias de pedras, vai dar algo como 600 quilos. Egídio, você vai para Santos e descubra quanto tudo vai nos custar. Enquanto isso eu vou achar alguém de confiança para ir até Antuérpia, alguém que saiba falar flamengo.

Assim que Egídio saiu, Jos virou-se para Anna.

– Estou procurando alguém como você, Anna. Venha conversar no meu escritório.

Pouco antes do horário habitual, Anna chegou ao Clube Progresso com uma cesta que transbordava livros. Entrou no prédio rodeada pelos jovens alunos e saiu com as mãos vazias. Atravessou a rua, dirigiu-se ao escritório de Jos, sentou-se à mesa e olhou pela janela. Notou que daquele ponto se podia avistar a porta do Clube.

– Então você me observa da janela todas as quintas-feiras, com as crianças.

– Sim, você me surpreende com tantas habilidades e preocupações sociais.

– São os filhos que eu nunca tive. – Disse Anna a observar o movimento dos passantes na rua José Paulino.

– Cara Anna, eu tenho uma proposta a fazer.

– E eu tenho dois assuntos a tratar. – Respondeu Anna.

– O primeiro? Indagou Jos.

– Quem é o seu contato na Antuérpia?

Jos não respondeu. Retirou um envelope da gaveta e mostrou para Anna, sem abrir.

– Recebi uma carta de Cornelius. O homem está vivo e disposto a nos ajudar com as cargas lacradas. Ele não sabe de toda a história, acredita que é tudo legal. Falei sobre amostras de pedras para futuro negócio de exportação. Portanto, o nosso esquema está quase fechado. Só falta a pessoa de confiança para visitar Cornelius e instruí-lo sobre o encaminhamento quando o carregamento chegar.

– Então vamos ao segundo assunto. Eu tenho a pessoa certa para ir a Antuérpia.

– E quem seria?

– Johanna. Ela poderá falar com Cornelius e com os lapidadores. Em troca você faz uma doação para a sociedade beneficente. Que tal?

– Eu disse que preciso de alguém que saiba falar flamengo.

– E eu disse que Johanna pode fazer a tarefa.

– Então a moça do Rio de Janeiro fala flamengo... nesse caso o ciclo esteja fechado.

A carta resposta de Cornelius

"Caro Jos, as cartas que você me mandou ficaram meses empilhadas sobre a minha mesa, na sala que você conheceu um dia. Eu estive fora do mundo por algum tempo, até conseguir me reerguer. Se é que será possível depois de tudo o que eu presenciei.

A minha saúde? Ainda consigo navegar pelo Schelde, mas não tive coragem para recuperar o Veza. Eu não pude te responder antes, a minha mente me abandona por vezes, eu passei semanas deitado. Os amigos me traziam comida e faziam a limpeza da minha casa. Os velhos companheiros não me deixaram.

Estimado Jos, eu recebi a primeira carta das mãos de um jovem barqueiro que relatou a sua passagem por aqui. Naqueles meses eu vagava pela Europa em busca do mundo real, o que eu vivi não pode ter sido real.

Agora posso responder as suas perguntas, talvez não tenha respostas para tudo. As cartas trocadas com Veza? Acho que ela segue outra vida em Londres. Elias tem estudado muito o tema das massas e do poder. Veza me diz que ele virou um antropólogo, muito mais do que um romancista. O livro da sua juventude "Die Blendung" foi publicado na Inglaterra e ele se tornou um autor conhecido.

Meus contatos? Continuo a atuar com o grupo que agora é um partido político oficial, perdeu um pouco da pureza que eu sempre apreciei, mas mantém o discurso humanista, pelo menos. Não perdi ainda a esperança no Homem, a experiência da guerra deve ter servido para algo. Acho que não teremos mais bestialidades cometidas no futuro, não podemos ser irracionais a ponto de não aprender.

Do que vivo? Recebo uma indenização paga pelo governo alemão, mas não gosto desta situação. Estou me esforçando para retomar as leituras, quando isto acontecer estarei no caminho da recuperação. Sou um sobrevivente.

Quando consigo sair da cama, complemento a renda ajudando um amigo que tem um barco. Transportamos pequenas cargas ao redor da Antuérpia. Existe muito dinheiro na Europa de hoje, há trabalho para quem quiser. Os americanos estão por toda parte.

O Veza, você perguntou sobre o barco. Continua naufragado e eu posso vê-lo da minha janela. Já pensei em recuperá-lo, mas não tenho coragem. Talvez com o tempo.

A minha vida continua naufragada também. Não é possível imaginar que o homem possa ter feito o que fez. Percebo que as ideologias causam cegueira primeiro, seguidas por radicalismos que depois se auto justificam. Também percebo que os radicais demoram para compreender a natureza dos desvios morais. Aqueles que personificam as ideias tendem a manter uma burrice monolítica. Só o tempo poderá ajudar a compreender os discursos mentirosos dos líderes populistas.

Eu ainda creio que se possa recuperar alguma dose de humanismo, que os homens sejam capazes de compartilhar. Depois da guerra parei de me corresponder com aqueles que um dia me influenciaram. Perdi o apetite pelas cartas, até mesmo as cartas que troquei com Veza. Morreram vários dos meus autores. Benjamin e Zweig se suicidaram, Ortega y Gasset se exilou e outros foram sufocados pela barbárie. Eu prefiro não comentar os meses no campo de concentração, tento apagar da minha mente.

Claro que posso ajudar. Pode mandar as mercadorias, estou certo de que você fará bons negócios. Não é exatamente a atividade que me atrai, mas sendo para você, eu farei com prazer.

Sim, nos encontraremos um dia.

Do seu amigo Cornelius.

Convite de Alaor, Bom Retiro

A queima do lixo preenchia as manhãs domingueiras do Bom Retiro. No verão, o incinerador da prefeitura parava de funcionar com frequência, alterando o cheiro da fumaça pelo odor da podridão. Os dejetos da cidade eram depositados na beira do rio, cujos meandros esconderam vida abundante no passado, que garantiram o alimento para os ribeirinhos tupis, primeiros habitantes do local. Sem os meandros, abolidos pelo engenho humano, como recompensa pela sua generosidade, o rio passou a receber o lixo dos ricos, dos pobres e dos remediados da cidade.

O odor do lixo em decomposição entrava pelas frestas da alma dos moradores.

Alaor aproveitou a calmaria domingueira para visitar Jos no escritório. Queria trocar ideias. Jos contou sobre um novo cliente que conseguiu e Alaor quis saber detalhes do contrato. Enquanto falava com o pente na mão, Jos olhava o próprio rosto refletido no espelho que mais parecia um quadro na parede.

– Consegui um contrato com o governo federal – disse Jos, – na obra de abertura da rodovia que ligará São Paulo ao Rio de Janeiro. É uma máquina de fazer dinheiro. A obra começou e não tem prazo para terminar. Na verdade, foi planejada para demorar muito tempo.

– Que tipo de serviço? Como conseguimos um contrato de serviços para o governo no Rio de Janeiro? – Indagou Alaor.

– Fechei um contrato de venda de uniformes para os trabalhadores da obra da rodovia.

– Mas não é o nosso ramo, até onde eu saiba. – Comentou Alaor.

– Fácil, eu só tive que pagar algumas facilidades para os diretores das empreiteiras que por sua vez superfaturam os contratos. Tudo muito simples e dentro da maior legalidade. Você só precisa contratar as oficinas para a produção, mão de obra barata, não vá se esmerar muito na qualidade. Quanto pior, melhor, pois o produto acaba logo e eles comprarão mais uniformes e nós seremos os únicos fornecedores.

Alaor ouvia, preocupado. Não era do tipo de enganar. Ele atendia a clientela na loja da Rua Santa Efigênia, confiou as contas da firma para Jos e não se preocupava com controles. Jos, gostando da situação, assumiu as finanças da empresa incluindo a gestão dos fundos investidos, que já eram de bom tamanho. Alaor não sabia quanto dinheiro havia nos bancos. Jos cuidava de tudo, das pedras de Minas Gerais, das lojas, da agiotagem, amparado pela equipe de cobrança formada pelos amigos do Rubião, com métodos truculentos. Para completar, Jos cuidava de alguns bordéis ainda gerenciados pelo delegado gaúcho, como Jos se referia a Egídio. A loja de Jos virou referência para o comércio de pedras, iniciado com as gemas de Governador Valadares que eram ofertadas para clientes também no Brasil, principalmente turistas. Enquanto preparava a remessa da primeira carga para Antuérpia, Jos descobriu uma rota de contrabandistas de esmeraldas via Guiana. As cargas seguiam por mar, de Santos para Belém, e dali para Paramaribo. Em território holandês iam para Rotterdam e dali para o mundo. Jos fechou com os tipos da Guiana, a maioria formada por imigrantes indianos e gente das antigas colônias holandesas.

Alaor ouvia, com gosto, os planos de Jos. "Admirável este Jos". Naquele dia, ao final da conversa quando Jos se despediu, Alaor fraquejou ao levantar-se da cadeira, e teve que ser amparado.

– Tenho sentido estas tonturas todos os dias, deve ser coisa passageira. – Alaor se recompôs, concluiu a conversa e seguiu para casa.

Dias depois, Preta Lina recebeu o chamado telefônico de Michelle informando que Alaor precisava da presença de Jos.

– Parece urgente, seu José. – Preta Lina observou.

Jos vestiu o paletó de linho, arrumou os cabelos e escolheu o chapéu entre a coleção que havia no escritório. Tomou o bonde em direção ao Largo de Santa Efigênia, onde saltou a pequena distância da loja. Jos estranhou ao encontrar Michelle no balcão. "Alaor não está na loja, com os fregueses" pensou.

– Está lá em cima, no apartamento. – Comentou Michelle, enquanto Jos subia as escadas que levam à sobreloja. Entrou no escritório e encontrou a cadeira de Alaor vazia ao lado da escrivaninha de trabalho. Mais alguns passos e entrou na sala. Encontrou Alaor largado sobre uma poltrona.

– O que passa, Alaor?

– Preciso fazer a consulta que estou adiando faz tempo. – Respondeu o amigo.

Seguiram para o consultório do Dr. Daniel e de lá direto para o hospital. A cirurgia não poderia ser adiada. Um tumor avançava no cérebro de Alaor.

Foram três meses de hospital até o retorno para casa, onde ficou, em estado semiconsciente aos cuidados de Preta Lina que passou a morar com Alaor. Jos cuidava de todos os negócios e orientava Alaor a assinar os documentos necessários. Os recursos de Alaor serviam para a compra dos políticos via contratos superfaturados de uniformes, para o negócio das esmeraldas via Guiana e para a compra dos funcionários da alfândega. Michele tocava o dia a dia da loja de Alaor e passou a cuidar também da loja de Jos, enquanto Preta Lina cuidava de Alaor, que praticamente vegetava.

Os negócios se tornaram complexos. Eram muitas as frentes em que Jos atuava. Os riscos cresciam também.

Numa visita dos comerciantes de esmeraldas da Guiana, eles foram bem claros nas intenções e métodos, frisando que Jos não se atrevesse a desviar o produto ou sair da linha, foi a ameaça que ouviu dos homens que chegaram ao escritório acompanhados por cinco capangas armados que ficaram na porta de entrada.

Rubião nem pôde subir, teve que se aquietar. Mensagem curta e clara.
– É bom que o esquema do seu amigo na Antuérpia funcione. Se falhar por lá, nós acertamos você aqui. Entendeu?
Num segundo contato, Preta Lina atendeu ao telefone. Quem chamava era da empresa construtora do Rio de Janeiro.
– Não, seu José não está. Recado? Sim posso passar para ele, mas não sei que horas ele vai chegar. Ah, é um recadinho simples? Pode falar.
Diga pro seu patrão que se a grana do faturamento do uniforme, que o governo federal já pagou, não chegar em dois dias, ele vai ser um homem morto. Obrigado.
Preta Lina perdeu a respiração. "Como eu vou passar este recado para o seu José?" Pensou em Osum, que lhe desse proteção e sabedoria.
Osum gosta de azul, de pedras preciosas, de alegria. Ela é filha da rainha das águas, de Iemanjá, gosta dos espelhos, das cachoeiras e de tudo que brilha na natureza. Mas essa preta nunca soube de Oxum se desviar por conta da riqueza. Ela gosta de usar e não de mostrar. A beleza das pedras é coisa de Deus, os homes é que se matam por conta dela. Acho que seu José se desencaminhou.
Preta Lina seguiu para dar banho em Alaor. Pensava em seu José, em Osum e no recado que precisaria dar. Sentiu cheiro de lixo misturado com fuligem, que vinha do forno de incineração quebrado, um cheiro de lixo que infestava todo o bairro entrando pelas frestas da alma da gente.

CAPITULO 10

Nuvens negras

O *grine* era figura marcada no Bom Retiro. Preferia frequentar a parte alta do bairro, e evitava embrenhar-se pelas ruas que levavam à região pobre da várzea. A baixada recebia as águas do Tietê que saltavam das margens indefinidas durante as cheias de verão. Antes um rio de meandros, o Tietê, lento e arredio, não aceitava amarras; ao contrário, insistia em retomar a várzea que lhe fora roubada sem piedade.

"Palmatória quebra gelo, palmatória faz vergão, quebra tudo quebra pedra, só não quebra opinião". Jos lembrou-se da frase ouvida em uma roda de músicos nordestinos na Praça da Sé. O rio foi retificado e perdeu a várzea alagadiça com mato alto, não mais os pássaros, preás, gambás e roedores. A baixada do bairro, ora seca, ora inundada, fora ocupada pelos que não puderam comprar um pedaço de terra firme. Os pobres, quase sempre negros ou pardos, ocuparam as áreas sem dono, escavadas pelas antigas olarias que funcionaram por lá em tempos passados. Era onde morava Preta Lina.

Jos decidiu visitá-la. Desceu a rua dos Italianos trajando paletó de linho e panamá. Andou por área desconhecida a observar a paisagem e as árvores que sombreavam a rua e tornavam a caminhada agradável. Passou pela adega dos padres, na esquina com a rua Júlio Conceição, cruzou a frente do grupo escolar, passou pelo desinfectório e parou na oficina mecânica dos irmãos Nino e Tito. Os italianos trabalhavam com carros importados pelas famílias ricas das bandas do centro e dos Campos Elísios. Apaixonados por velocidade, corriam em Interlagos e também cuidavam da mecânica dos carros que por lá competiam. Na parede da oficina havia um retrato de Manuel Fangio, o corredor ítalo-argentino que disputou o campeonato mundial daquele ano e virou ídolo. Jos trocou um dedo de prosa antes de prosseguir a caminhada para a área baixa. O calçamento deu lugar ao chão de terra batida e as casas se distanciaram umas das outras. Quando avistou o rio, tentou identificar a casa de Preta Lina, que visitara uma única vez. Estava perdido. Pediu ajuda para as crianças que rodavam pião no chão de terra.

– Vocês sabem onde fica a casa da Preta Lina?

– A Preta Lina mora ali naquele barraco, seu moço. – Respondeu uma menininha negra com cabelos trançados, rosto, corpo e roupas misturados com terra. Ela apontou o dedo para o final da rua sem largar a corda de pular, enquanto as crianças troçavam do sotaque de Jos. Ele seguiu até o muro construído sobre um resto de adobe que sobrevivera às muitas enchentes, parou ao lado do portão e bateu palmas. Sem sucesso, tentou novamente e então ouviu uma voz que poderia ser de Preta Lina.

– Pode entrar, *mo fio*, o portão tá aberto.

Jos entrou na casa; cozinha, banheiro e quarto, e viu Preta Lina de costas, usando blusa de algodão e saia do mesmo tecido, que lhe cobria até as canelas. O lenço branco na cabeça completava a vestimenta da negra, sentada diante de um tabuleiro a jogar búzios. Na parede da pequena sala, um quadro com uma imagem de Jesus e, encimando uma mesinha, outro quadro com a imagem de Osum. Jos cumprimentou Preta Lina.

– Este é o jogo dos búzios do qual a senhora me falou?

– Que bom ver o menino por aqui. Eu sabia que *ocê* ia aparecer, só não sabia quando. Quer saber dos búzios? É coisa de uma filha de Osum.

– O que quer dizer, coisa de filha de Osum? – Perguntou Jos.

– Senta aqui na minha frente. Eu vou te contar.

Jos obedeceu, e a mulher começou a narrar uma história.

– Num tempo que já foi, uma gente queria aprender a ler o destino, mas só Obatalá recebeu o ensinamento de Orunmilá, e recebeu com a condição de não passar adiante. Osum, mulher de Xangô, queria aprender a arte. Um dia Obatalá foi tomar banho no rio e Exu, que sempre embaralha tudo, zombeteiro, roubou as roupas de Obatalá. Oxum passava pelo local e viu Obatalá andando nu. Ela ouviu a história que Obatalá lhe narrou e fez uma proposta. Iria ter com Exu para recuperar as roupas, mas em troca Oxum queria aprender a jogar os búzios. Obatalá aceitou e Osum foi ao encontro de Exu que se encantou com a beleza da mulher. Na mesma hora quis deitar-se com ela em troca das roupas de Obatalá. Osum aceitou e deitou-se com Exu que entrou no seu corpo formoso. Satisfeito, devolveu para Osum a roupa que foi entregue para Obatalá. Resolvido o malfeito, Obatalá honrou a promessa e ensinou a Osum o segredo do jogo dos búzios que desde então é repassado para as filhas de Osum que o guardam até os dias de hoje. Foi assim que eu aprendi.

Preta Lina continuou a conversar sobre os orixás por toda a manhã calorenta. O teto do barraco e a falta de árvores faziam a casa ferver como um caldeirão. Jos, encantado com as histórias de Osum, queria saber mais sobre aquela entidade sensual, mulher das águas, dos espelhos e dos seixos. A história narrada por Preta Lina mostrou uma negociação de Oxum com Exu que feria todos os códigos da moralidade que Jos conhecia. Para Preta Lina o que era apenas um acordo entre Exu e Oxum era algo proibido e fascinante aos olhos de Jos que, ao despedir-se, perguntou:

– A Preta Lina pode jogar para mim?

Ela tomou os búzios nas mãos, fazendo gestos rituais em oração e, de uma vez, largou as peças que se espalharam sobre o tabuleiro. Aproximou o rosto do desenho feito pelo acaso, olhou e calou. Jos aguardava, curioso, pela interpretação.

– E então? Vou ficar muito rico e cercado de mulheres bonitas?

Preta Lina ergueu os olhos.

– Vi um espelho imerso em águas frias. Foi tudo o que eu vi.

Jos, sem compreender, pediu detalhes, mas a preta só repetia a frase:

– Vi um espelho imerso em águas frias.

– Preta Lina me leva a um terreiro de Osum? Quero ver de perto essa prática.

A mulher ouviu a pergunta e olhou nos olhos de Jos.

– Vi o espelho de Osum em águas frias que guardam muitos corpos. – E prosseguiu – no dia certo Preta Lina leva o menino José para conhecer a Ialorixá.

No dia 7 de dezembro, três semanas depois do encontro na casa de Preta Lina, Jos recebeu um recado. A visita ao terreiro de

Osum seria no dia seguinte, um sábado. Jos recebeu indicações de como chegar ao local e no dia marcado seguiu até o terreiro próximo da várzea. Lá havia um muro caiado que circundava um barracão de chão de cimento, cheio de imagens de Orixás, flores, atabaques mudos encostados num canto e um cheiro de incenso preenchendo o ar. Jos se acomodou. Sentia-se intruso no local. Acompanhou com os olhos a chegada dos frequentadores que vestiam amarelo, azul e rosa, as cores de Oxum. Havia alegria no rosto dos que chegavam, velhos, adultos, jovens e crianças, que paravam à frente da senhora vestida de branco que ocupava uma cadeira de vime com espaldar alto, postada no extremo do salão. Todos a saudavam, "Ora Ye Ye Ô." A Ialorixá respondia segurando o abebé, um espelho dourado. Jos chamava a atenção por ser o único branco no local.

A um olhar da Mãe de Santo os atabaques soaram, lentos no início, e ganharam movimento progressivo, enquanto as pessoas se enfileiravam para receber a benção da velha senhora de olhos verdes. Preta Lina chegou-se ao lado de Jos, que se sentiu aliviado com a sua presença. Jos perguntou-lhe se poderiam chegar perto da mulher.

– Claro que sim, *fio*. Pois num viemos aqui pra receber uma *bênça*?

E caminharam, no passo lento de Preta Lina, até chegarem diante da Ialorixá. Preta Lina se ajoelhou e recebeu as mãos da mulher sobre a cabeça, depois puxou Jos para perto, que repetiu o gesto de respeito. A velha senhora olhou para Lina e lhe sussurrou aos ouvidos, apontando o dedo indicador para Jos:

– O menino é de Osum. Eu sei. Vai ter caminho difícil até que o espelho se quebre. – Fez um sinal para que Jos se aproximasse, e tomando a sua cabeça nas mãos, continuou – Tem um abebé perto do rio que precisa ser recolhido.

Jos perguntou, interessado:

– Abebé? O que é isso? Que rio?

A Mãe de Santo respondeu.

– Não sei, *fio*. Só sei o que eu já disse. *Ocê* é que precisa saber. Só sei que Exu vai atrapalhar *ocê*. O menino vai ter que escolher.

No resto do dia, Jos ouviu os cantos e danças dedicados a Osum e a outros Orixás. Ao final da cerimônia, foi cumprimentado pelos presentes que admiraram os seus olhos, o seu corpo e as roupas que eram das cores de Osum. Todos queriam conhecer o menino de cabelos loiros encaracolados, amigo de Preta Lina.

CAPÍTULO 11

O encontro

Da janela do escritório, Jos observava Anna postada à porta do Clube Progresso. A garotada a abraçava falando ao mesmo tempo. Anna carregava uma bolsa de onde retirava livros que distribuía. Os jovens, ansiosos, pegavam os volumes e corriam como aves que fogem depois de roubar uma fruta e subiam pela escada para chegar à sede do clube. Anna não as seguiu, como de costume. Desta vez deu a volta e caminhou em direção à loja, até chegar diante da mesa de trabalho de Jos.

– Preciso trocar uma palavra com você.

Jos a olhou curioso e fez um sinal para que ela se sentasse.

– Do que se trata, Anna?

– Você não me respondeu se aceitou a minha sugestão de que Johanna vá para Antuérpia em meu lugar. Ela pode cuidar do assunto das pedras com Cornelius e com os compradores, é boa comerciante, conhece a língua e precisa trabalhar.

– Como posso confiar em alguém que não conheço?

Anna foi rápida ao reagir à pergunta.

– Não faz muito tempo eu confiei em você, a quem eu pensava conhecer, e não tive bons resultados. Podemos confiar em

Johanna, ela é capaz de levar as amostras na primeira viagem e orientar Cornelius no recebimento das pedras. Se for preciso poderá acompanhar a remessa das pedras numa segunda viagem.

Jos pensou por instantes e perguntou:

– E por que não posso conversar pessoalmente com Johanna?

– Você vai conversar, assim que ela se desocupar do trabalho com as idosas e do negócio de exportação. Se você aceitar a proposta, vou providenciar um encontro, assim vocês encerram as atividades da sociedade em São Paulo e cuidam da viagem para a Europa.

Anna saiu sem se despedir. Seguiu para casa e, assim que chegou, pegou o telefone, esbravejando com a telefonista:

– Faz dois dias que eu pedi uma ligação para o Rio de Janeiro e até agora nada de completar. " *Oy a broch.* "

– Senhora, não é minha culpa – respondeu a telefonista. – As linhas estão ocupadas, a chuva atrapalha as ligações. Espere um pouco... estou recebendo um sinal de linha livre.

A ligação foi realizada e Anna começou a conversa aos gritos:

– Deborah, é Anna falando, tudo bem?

– Estou sem notícias suas – respondeu Deborah, também aos gritos. – Eu comprei uma cabine em um navio que seguirá para Rotterdam via Inglaterra dentro de duas semanas.

– Aqui está tudo em ordem, Egídio fechou negócio com os agentes da alfândega e Jos entregou os nomes e endereços dos contatos na Europa. Você vai levar três caixas e o tal Cornelius van der Meer vai te encontrar em Rotterdam.

Deborah prosseguiu:

– Eu localizei os amigos da minha família. Eles retornaram para a Bélgica depois da guerra e voltaram a fazer o comércio de joias e de arte. Estão interessados em me reencontrar. Posso prosseguir com os contatos?

Anna respondeu.

– Claro que sim, teremos tudo sob nosso controle. Jos cuidou das compras em Minas Gerais, andou por Teófilo Otoni e Diamantina onde existe um comércio de pedras semipreciosas e diamantes fáceis de vender. Encontrou um intermediário que aceitou entrar no esquema, mas exigiu o pagamento adiantado. Jos pagou e agora quer receber dos importadores assim que as pedras passarem por Rotterdam.

– Ah, ele quer receber? Claro. Mas isso é problema dele.

– Sim! Você entregará as pedras para os seus contatos na Antuérpia, receberá o dinheiro e Jos não verá nem a cor da grana. Soubemos que ele está sendo caçado pelos tipos com quem fez outros negócios. Assim que tiver o dinheiro eu vou mudar para um lugar onde ninguém me conheça.

Deborah, animada, completou.

– Os amigos da minha família me sugeriram que voltasse para a Europa. Uma ideia atraente, não é mesmo?

– Eu aceitaria. – Comentou Anna. A ligação telefônica piorava e ela mal conseguiu ouvir a voz de Deborah.

– Vou aguardar a chegada das pedras aqui no Rio e estarei pronta para o embarque. Preciso me preocupar com o carregamento? – Perguntou Deborah.

– Não, não precisa, as caixas serão levadas ao navio e desembarcadas no local combinado entre os agentes portuários. Jos irá te procurar, faz tempo que ele planeja fazer isto, ele não iria aceitar o plano sem ter uma palavra com você. Está pronta para a surpresa?

– Claro que estou. – Falou Deborah.

– A ligação caiu, droga! Nem tive tempo de contar que Dina está no hospital. – Pensou Anna.

Jos visita Johanna

A viagem de Jos entre Diamantina e o Rio de Janeiro foi demorada. Ele tomou o ramal do trem de Diamantina para Corinto, baldeou para Belo Horizonte e dali pegou a estrada para o Rio de Janeiro. Nas semanas em que permaneceu na região de Diamantina, acompanhou as tropas de burros que sobreviviam aos caminhões, encantou-se com as vilas e com as "regras" dos tropeiros, um código de ética que garantia o convívio entre as tropas, os garimpeiros e os mercadores. No início, Jos foi visto como um estranho, tal como muitos que andavam por aquelas paragens. Adotou o tempo dos tropeiros, rodou com eles pelas trilhas, conheceu Capelinha, Serro, Rio Vermelho e Rio das Pedras. Fez contato com donos de garimpos e com faiscadores que apareciam com uma ou outra pedra, se achegou a um comerciante que tinha laços em Diamantina, Teófilo Otoni e outros rincões das Minas Gerais. O tempo passado com as tropas e a fala mansa de Jos permitiram que selasse um acordo com o comerciante. Ele levaria as pedras, deixando uma parte do pagamento que seria inteirado assim que chegassem ao Rio de Janeiro. A possibilidade de abrir uma rota para a Europa interessou ao comerciante, cativado pelas histórias contadas por Jos. O apelido do homem era Gê das Pedras. Explicou sobre os códigos dos tropeiros e mercadores tradicionais. Gê deu uma explicação para Jos.

– Em caso de desacordo aqui ninguém busca advogado, gente cheia de lengue-lengue. A gente costuma resolver as diferenças sem muito palavrório, deu pra entender seu José? Eu num sei se é igual lá de onde o senhor veio mas aqui é tudo muito rápido. O senhor me fala o nome do navio que vai levar as pedra e eu vou saber quando ele vai chegar por lá e vou receber o dinheiro pras banda de cá."

Chegando ao Rio de Janeiro, Jos procurou o endereço de Johanna. Foi de esquina em esquina, ao redor da Praça Onze, perguntando pela Rua Visconde de Itaúna, 78, onde ficava o escritório da sociedade beneficente. Na primeira noite ficou numa pensão na Lapa, onde apreciou a música e as mulheres. Deleitou-se com chorinhos, ao som de violão e bandolim. As moças se encantaram com o gringo de boa aparência, fala mansa e bolso cheio. Recomposto da viagem e da noitada, enfrentou a manhã que tinha a cor do verão carioca. Trajando linho e panamá localizou o sobrado que abrigava vários negócios ao mesmo tempo. Na sala da frente, uma alfaiataria, na segunda sala um sapateiro batia tachinhas em um solado, corredor adentro encontrou a sala da empresa de exportação e importação onde também funcionava a sociedade beneficente. O chão de tábuas de madeira rangia para anunciar a chegada de alguém. Na antessala do conjunto comercial viu uma mulher cuja feição lhe pareceu familiar.

– Bom dia, acho que nos conhecemos de algum lugar, mas não consigo lembrar de onde.

A mulher levantou os olhos e esclareceu.

– Que tal no cemitério na Cachoeirinha, em São Paulo? – Sem mais trela a mulher foi até a porta da segunda sala. – Vou avisar que o senhor está aqui. – E entrou no escritório de onde retornou indicando a entrada.

Jos parou na frente de Deborah. Ela interrompeu o trabalho à máquina de escrever, tirou os óculos e o encarou detidamente.

– Finalmente nos encontramos, não é mesmo, Sr. Jos Litvak?

Jos não conseguiu escamotear a surpresa. Demorou até conseguir articular uma resposta. Recobrou a pose, sacou o pente do bolso e arrumou os cabelos que lhe caíam na testa.

– Deborah! A bela Deborah!

A moça levantou-se.

– Não sou Deborah, me chame de Johanna, Deborah ainda te espera no navio Bahia Blanca, lembra?

Jos aproximou-se da moça e mirou os cabelos, que não tinham perdido o viço. Tratou de reorientar a conversa.

– É uma história difícil de explicar, talvez tenhamos a oportunidade num outro momento. Então é você quem vai levar as pedras para Antuérpia?

– Sim, Anna me procurou sabendo que eu domino os idiomas, conheço os comerciantes e sei o produto de que os lapidadores da Antuérpia precisam.

– Eu gosto do plano, mas não tenho certeza de que posso confiar as pedras a você. Eu conhecia Deborah mas não sei quem é Johanna. Preciso pensar um pouco a respeito. Vou voltar a São Paulo para conversar com Anna. – Ponderou Jos.

– Que tal conversarmos em um restaurante hoje à noite? Talvez eu possa te mostrar algo interessante nesta cidade que é sempre muito agradável. Se aceitar passe aqui às oito horas. – Ponderou Deborah, antes de levantar-se e soltar os cabelos em um movimento que marcava a suas intenções.

Jos entendeu, deixou a sala ao som dos rangidos das tábuas do assoalho e concordou com o encontro.

Naquela noite Deborah o levou a um restaurante no bairro de Botafogo. À chegada o garçom a cumprimentou sorridente.

– Seja bem-vinda, Dona Deborah. Quer a mesa de sempre?

Jos observou as mesas com toalhas rotas, paredes forradas com camisas de times de futebol, fotos de personalidades desconhecidas. O rádio tocava Sílvio Caldas. O casal acomodou-se à mesa, Jos pediu uma cerveja e encarou o rosto de Deborah.

– Eu corri para te buscar, mas você já tinha partido. Eu bem que teria embarcado, mas foi tarde demais, os meus contatos haviam repassado o dinheiro e eu não pude voltar atrás. Naqueles tempos as coisas aconteciam assim, sem controle e...

Deborah o interrompeu.

– Eu não perguntei nada. O que aconteceu, aconteceu. Da minha parte eu segui o meu destino que não foi fácil. Fui estuprada no navio, depois fui explorada por dois anos até conseguir escapar, com a ajuda de Anna. Virei uma mulher de negócios e anos mais tarde assumi a direção da entidade beneficente, a pedido de Anna. Nos dias de hoje o que eu quero é ganhar dinheiro e acho que nisso temos algo em comum, não? – Jos olhava os cabelos soltos de Deborah, paralisado. Sua mente não permitiu que processasse as frases que ela falava. Deborah prosseguiu. – Temos a confiança dos agentes do porto de Santos, graças a Egídio, que acertou o negócio com os fiscais a um preço razoável. Sei dos seus contatos na Antuérpia mas tenho certeza de que os meus são melhores. Para eles não importa de onde vêm as pedras, contanto que elas brilhem.

Jos, percebendo que o contato com os comerciantes de Minas Gerais seria a sua única cartada, comentou:

– Eu fechei com os comerciantes em Teófilo Otoni e na região de Diamantina, portanto eu tenho uma parte do negócio e você tem a outra. Não temos escolha a não ser confiar um no outro. Tanto eu quanto você podemos furar o esquema, portanto estamos amarrados.

Deborah ponderou.

– Assim que você decidir se confia em mim, entregue as caixas e eu as levarei. Só aceito se for dentro de duas semanas pois estou com a passagem de navio comprada.

Jos propôs um drink, que Deborah aceitou.

– Já que somos parceiros sugiro uma celebração especial, devo dizer que você continua uma mulher atraente.

Deborah sorriu, levantou um brinde com o copo de cerveja enquanto a vitrola tocava Lucio Alves...

"*beija-me, deixa o teu rosto coladinho ao meu, beija-me, eu dou a vida pelo beijo teu, beija-me, quero sentir o teu perfume, beija-me com todo o teu amor, senão eu morro de ciúme.*"

"Não posso deixar escapar esta oportunidade", pensou Deborah, enquanto se levantou, soltou os cabelos ruivos, andou alguns passos até a pista de dança e virou-se, chamando Jos.

Na manhã seguinte Jos acordou na pensão próxima da Praça Onze e Deborah já não estava ao seu lado. Lembrou-se do jantar, do chorinho que ouviram, do tanto que bebeu antes de convencer Deborah a selar a parceria na cama.

Na mesma manhã, Deborah telefonou para Anna relatando os fatos.

– A confiança de Jos me custou algum esforço, o que não foi de tudo ruim. Ele está na nossa linha de tiro.

Jos festejava no quarto do hotel, banhando-se sem pressa, penteando os cabelos e admirando o próprio corpo no espelho. Lembrou-se da narrativa de Preta Lina. Osum entregou-se para Exu em troca do segredo dos búzios.

Jos tentou um novo encontro antes de deixar o Rio de Janeiro, mas Deborah esquivou-se.

CAPÍTULO 12

Morte e fuga

Na casa do Bom Retiro, Anna recebeu as caixas com pedras prontas para embarque com destino à Rotterdam, em nome de Deborah. A encomenda chegou de Minas Gerais pelas mãos de um homem que a entregou e disse:
Enviado pelo Gê *das Pedras*.
– Cinco caixas – pensou Anna estranhando – duas além do combinado.
Jos deixou instruções a respeito das caixas. Uma seria para presentear Preta Lina, a outra para Cornelius, as demais seriam encaminhadas para Deborah para serem vendidas.
Semanas depois, Jos tinha em mãos um telegrama vindo da Antuérpia, eram dos seus clientes cobrando a entrega das pedras. Sobre a mesa havia um bilhete do Gê das Pedras, lembrando do pagamento devido.
Jos se escondia dos desafetos. Não podia andar livremente sem ser ameaçado, então só lhe restava desaparecer. Antes de partir, Jos vasculhou o seu escritório em busca de documentos, dinheiro e peças de ouro.
Aquela puta me enganou, como fui tolo em confiar nela.

Jos telefonou para Anna em busca dos detalhes, tentando manter o controle sobre a operação.

– Anna, que sócia é essa que você me arranjou? Para quem Deborah entregou as pedras? Quando ela vai me mandar o dinheiro?

Anna desconversou.

– Deborah sabe o que faz e tem contatos com os comerciantes de pedras. Talvez ela tenha encontrado um negócio melhor do que o que você armou. Vamos saber assim que eu conseguir falar com ela. Mas acho bom você não aparecer por aqui. Os fornecedores de Minas Gerais querem te pegar.

Jos telefonou para Michelle, na loja da Santa Efigênia.

– Michelle, preciso de você com urgência. Vamos nos encontrar na sua casa depois da meia noite, quero saber detalhes da situação das lojas, do negócio dos uniformes, dos bordéis e dos empréstimos a juros. Deixei tudo nas suas mãos e não estou gostando dos resultados.

– Venha à noite e entre pela porta dos fundos da casa.

Naquela noite ambos se encontraram na casa de Michelle, no bairro do Brás.

– Senhor José, eu posso fazer um relato dos seus negócios.

– Então fale.

– O faturamento das lojas não deixa lucro. O projeto dos uniformes do Rio de Janeiro vai bem, mas existe uma dívida a saldar com os políticos que garantiram o contrato e querem receber a parte deles. Estamos atrasados com o pagamento das oficinas contratadas, a maioria delas já parou de entregar. Os seus amigos do Rio de Janeiro estiveram na loja, cobrando a parte deles.

– Eu não acho que lhes devo nada.

— O senhor pode não achar. O capanga do Gê das Pedras telefonou e eu não soube o que responder. Não querem mais receber a parcela que falta, querem a sua cabeça.

— Eu vou pagar quando receber de Deborah, já falei. E os bordéis? E os empréstimos? De algum lugar ainda deve entrar algum dinheiro. Investi tudo que tinha naquelas malditas pedras. — Jos falou, elevando o tom.

— Nos últimos meses, três bordéis fecharam e metade dos clientes de crédito não pagou. Alegaram que o comércio anda mal. O senhor sabe, sem o delegado para nos proteger, os clientes ficam à vontade para dar o calote. As coisas não andam bem, seu José.

— Como não andam bem, Michelle! Você é que não sabe fazer o trabalho.

— Seu José, além de tudo, o seu Alaor não está bem de saúde. Na semana passada assinou os documentos, mas hoje não consegui nem fazer com que segurasse a caneta. Os documentos enviados pelo tabelião de imóveis não puderam ser assinados. Alaor vegeta, parece que olha para a gente, mas não vê. O senhor precisa fazer alguma coisa.

— Ouça bem, se for preciso pegue na mão dele e assine junto. Eu preciso passar as propriedades antes que Alaor morra.

— O que o senhor quer que eu faça?

— O gerente do banco está comprado. Passe por lá amanhã cedo, pegue todo o dinheiro que for possível retirar das contas e compre dólares com os cambistas que você conhece.

— Onde eu deixo o dinheiro? Onde o senhor vai estar, posso saber?

— Eu não sei, devo seguir para a Holanda, possivelmente via Guiana. Vou deixar a loja da Santa Efigênia para você gerenciar, mantenha tudo funcionando, e se alguém me procurar, diga que não sabe onde estou.

Antes de amanhecer, Jos tomou um táxi e seguiu para a loja da Santa Efigênia. Preta Lina limpava o corpo de Alaor. Pele e osso, parecia um boneco. A pele perdera o viço e brilhava com os unguentos que ela administrava. A negra manipulava o corpo de Alaor, orando em voz baixa. Jos entrou no quarto, postou-se entre a cama e a janela tendo à sua frente um espelho que refletia a imagem dos dois sócios, Alaor na cama e Jos em pé, ao seu lado. Preta Lina balbuciou:

— Michelle deixou uma pilha de papéis para o senhor assinar e uma lista de recados de pessoas que queriam falar com o senhor e com Alaor.

— Deixe os papéis na mesa. Leio depois. Agora eu quero ficar sozinho. — Disse Jos com a voz alterada.

— Tudo hoje está bagunçado. — Comentou Preta Lina, ignorando o pedido de Jos e continuando com a tarefa de limpar o corpo de Alaor. Pouco tempo depois, Michele entrou no quarto.

— Seu José, a polícia telefonou. Entraram no escritório da José Paulino, tudo foi revirado e os móveis destruídos. Acho que foi o pessoal das pedras, ou dos políticos, ou quem sabe os seus credores. O senhor colecionou desafetos que podem chegar aqui a qualquer momento.

Jos olhou para o espelho, sacou o pente e alisou os cabelos. Enxergava a própria imagem refletida que parecia dançar como se não fosse sua. Tentou fixar os olhos para capturar o reflexo que insistia em fugir.

– E então Preta Lina? E os seus Orixás podem fazer algo?
– Exu está reinando, seu José.
Jos, mantendo os olhos fixos no espelho.
– Alaor morrendo, eu enganado e perseguido. – Jos lembrou da fuga de Wageningen, da explosão do trem, das viagens pela noite no Rio Schelde. Olhou para o corpo de Alaor refletido no espelho e gritou – E você Alaor? De que adiantou fazer tudo certo na vida? Você está morrendo, imprestável, apenas um corpo apodrecendo.
Preta Lina mantinha os olhos fechados e entoava orações. Alaor permanecia imóvel no leito. Jos falava ao espelho.
– Qual a vida que os meus amigos tiveram? O que sobrou de Cornelius? Dos meus pais? Para onde foram levados na última viagem de trem? – Jos colou o rosto no espelho. – Do que serviu o trabalho do meu pai e a homenagem recebida da Universidade: "Laboratório Professor Litvak", escrita em uma placa na entrada da sala? O que sobrou de Dina, cheia de pústulas de sífilis? De Deborah, que me traiu? Alaor, que porra de mundo é este? Alaor, você mofa nesta cama e não pode gastar a fortuna que tem.
Jos olhou para os reflexos, seu e de Alaor, e esmurrou o espelho quebrando-o em pedaços que se espalharam pelo chão. Preta Lina, sem parar de orar, passava unguentos no corpo de Alaor.
– O espelho se quebrou, seu Jos. O senhor precisa desfazer o malfeito.
Michelle alertou para a chegada de pessoas desconhecidas. Rubião tentou impedir a entrada dos homens, que alcançavam os degraus, conseguindo ganhar tempo. Jos saltou pela porta dos fundos de onde correu para o nada. Quando os três homens en-

traram no quarto, encontraram Preta Lina a segurar o corpo de Alaor, morto.

O cemitério do Araçá estava vazio. "Alaor não era homem de muitos amigos", pensava Anna, quando notou a aproximação de Michelle, acompanhado por Isaías, o gerente do banco.
– Um adeus sem lágrimas. – Comentou Anna para Preta Lina que orava em voz baixa. A negra interrompeu as preces e respondeu. – Os momentos ruins são aqueles quando choramos sem lágrimas.

Os coveiros não fizeram esforço para baixar o caixão que fez um ruído surdo ao tocar o fundo da cova. Em silêncio, o barbeiro, o dono do bar, o jornaleiro, observavam as pás de terra sendo jogadas sobre o caixão. Anna e Preta Lina deixavam o local quando Anna percebeu que Michelle a chamava para um canto da alameda do cemitério.

– Entendo, Sr. Isaias, foi Jos quem solicitou que o senhor fizesse essa operação de baixa dos investimentos. Ele disse que os documentos foram assinados conforme orientação do banco.

– Michelle, me explique por que Jos não veio pessoalmente? – Perguntou o gerente, ao que Michelle respondeu.

– Dona Anna pode explicar.

– Acho que posso. Senhor Isaías. Jos está em maus lençóis, precisa sacar o dinheiro. Estou certa de que o senhor facilitará as coisas. Ele me autorizou a deixar um presente para o senhor caso o problema seja resolvido hoje.

A resposta veio imediata.

– Passem no banco ao final do expediente.

Michelle e Rubião foram ao banco e saíram com malas de notas. Michelle orientou Rubião.

– Vamos para a sua casa. A loja por certo está vigiada e é melhor evitar aparecermos por lá com estas malas.

Tomaram um taxi que os levou para a parte baixa do bairro. Michelle explicou a situação.

– Rubião, você vai nos ajudar com estas malas. Eu e Anna voltaremos aqui amanhã, você vai receber a sua parte e nós não precisaremos mais do seu trabalho. Sabemos que Jos não voltará e que os puteiros serão fechados. Acho que é a hora de acertarmos as contas e este dinheiro vai te ajudar.

Rubião ouviu, concordou e Michelle saiu, em direção a casa de Anna, que já o esperava.

– Pois bem, Michelle, Jos teve uma acusação formal de contrabando, agora está sendo procurado também pela polícia, além dos bandidos credores.

– Jos não escapa desta vez. Ele me ligou e pediu para que eu intermediasse a venda da loja, mas os caras do Rio de Janeiro interditaram a negociação. A loja foi parar na justiça, está perdida. Jos se meteu com os políticos do Rio de Janeiro, gente graúda. – Falou Michelle, ao que Anna indagou:

– Ele não tem mais as lojas, e como ficou o dinheiro?

– Sacamos o dinheiro, demos uma gorjeta para o gerente, e Rubião guardou as malas. Fique tranquila, estão seguras graças ao respeito que Rubião tem por Preta Lina.

A chegada de Egídio interrompeu a conversa.

– Jos me telefonou. Queria proteção, mas ele sabe que não protejo mais ninguém. Custaria muito caro para ele sair desta enrascada. Ficou alterado ao telefone como eu nunca vi.

Anna concluiu:

– Deixe Jos para lá, ele já era. Nós vamos buscar o dinheiro esta noite e dividiremos as partes. Você Michelle, passe um telegrama para Deborah informando que tudo deu certo, pegue a sua parte e desapareça daqui.

Jos ouviu o som dos cordões carnavalescos ao aproximar-se da Ponta da Praia, a caminho do porto de Santos. O barco cargueiro estava atracado quando o táxi passou pela frente da Bolsa de Café, a caminho do cais onde embarcaria com destino a Belém. Jos conversou com o oficial na ponte, mostrou alguns papéis e embarcou levando uma mala e uma sacola grudada ao corpo. O cargueiro faria uma parada no Rio de Janeiro, mas Jos não precisaria descer. Parados no convés, os passageiros esperavam a abertura do único corredor com seis cabines. Jos tirou os óculos escuros e olhou para o cais.

Egídio não quis me ajudar, Anna não me atendeu, Michelle não respondeu aos meus chamados, Alaor morreu, Dina morreu e Deborah me traiu. Quando eu chegar em Paramaribo vou passar um telegrama para Anna. Ela vai ter que se explicar.

Anna e Egídio conversavam na casa da rua Aimorés. O movimento cessara, havia alguns bêbados caídos na sarjeta, o cheiro de urina predominava no local que nunca fora bem cuidado pelos serviços da prefeitura. Agora estava pior. Sem as casas alegres e cheias de gente, ninguém se importava com o local.

– Por onde andará Jos neste momento? – Indagou Egídio.

– Eu tenho uma pista. Jos sempre disse que, em caso de necessidade, iria para Macapá via Belém. Lá existe uma rota por terra para Cayenne ou quem sabe uma rota de avião. Mais um barco e se pode chegar a Paramaribo, em território holandês. Jos deve estar a caminho da Holanda.

– Pois é, eu esqueci que ele ainda é cidadão holandês. – Disse Egídio, enquanto se servia das últimas gotas de uma garrafa de aguardente. O som de sirenes ecoou forte na sala vazia. Anna foi até a janela e comentou:

– Lá vem eles novamente. Vão entrar de casa em casa roubando o pouco que resta dessas mulheres. A maior parte delas chegou aqui jovem, perdidas, sem um tostão. Vão sair velhas, perdidas, sem um tostão. Mais sorte teve Dina, que não viveu para ver esta cena.

Ouviram-se batidas na porta da frente.

CAPÍTULO 13

Despedidas

Anna Lea andava pela casa observando as meninas que falavam sobre o destino que seguiriam.

As meninas falam sem parar para se convencerem de que terão algum futuro. Os seus corpos são um patrimônio temporário, ninguém zela por elas a não ser os seus rufiões. Fingem que se interessam umas pelas outras, mas o tempo as ensinará que a amizade é temporária, falsa e descartável. Eu não tenho conselhos para dar, casas de mulheres mudam de lugar e de clientes, temos que nos adaptar. Nós deixamos de dar lucro, os meganhas passaram a ganhar mais nos puteiros novos, nas casas noturnas e nas boates. Para putas velhas, em São Paulo, tudo acabou. Fim!

Preta Lina andava ao redor, a limpar o balcão que já não serviria para nada. Um trabalho de Sísifo. Leonor, a mais jovem das moças, mantinha as esperanças que as demais já haviam descartado.

– Outra cidade...pode ser uma boa ideia. Vou tentar, quem sabe eu encontro o homem da minha vida. E a senhora Dona Anna, o que fará desta casa?

– Penso em vendê-la e sumir em algum lugar no interior. Aqui serei sempre uma polaca. Um dos vendedores de pedras de Diamantina me falou de uma escola para mulheres que está sendo construída em Conselheiro Mata. As famílias de Belo Horizonte importaram uma senhora da Europa, uma russa, para dirigir a escola e estão contratando professoras que queiram morar no local. Eu já troquei cartas com a futura diretora. Ela nem desconfia quem eu sou, interessou-se em mim por falar idiomas, por conhecer literatura. O lugar fica para lá de Belo Horizonte, depois de Sete Lagoas, além de Curvelo, no final da linha do trem. Ah, sei lá, talvez seja só um sonho. – Anna interrompeu a fala pensativa, e animou-se. – Meninas, sobraram duas garrafas de espumante na geladeira, vamos brindar. É o melhor que podemos fazer agora.

As mesas desgastadas e os espelhos deteriorados, compunham o cenário que ouviu o último brinde levantado por Anna.

– *"Le Chaim"*, meninas. "À Vida", e que vocês tenham melhor sorte do que eu.

As taças ainda estavam erguidas quando um ruído de vozes se elevou na rua. Preta Lina, ao lado da janela, exclamou:

– Dona Anna, venha ver o que está acontecendo ali fora.

Anna se aproximou da janela.

– *Oy vey, messhugenes*[13], não acredito no que vejo, *oy oy*, as crianças, essas crianças, eu pedi para que nunca viessem para estes lados.

Preta Lina permaneceu ao lado da janela, com um sorriso, a observar o grupo de jovens em uniforme escolar, cada qual com um livro nas mãos.

---

13. Loucos, em *yidishe*.

– Pois vieram, Dona Anna, vieram despedir-se da senhora.

Todos deixaram a sala e correram em direção ao portão da casa. Uma das crianças trazia flores que foram distribuídas para as meninas. Em seguida os jovens abriram os livros e um menino negro, Tuninho, que aparentava 15 anos, tomou a dianteira do grupo e falou com voz que já apontava para o adulto que viria a ser.

– Dona Anna, viemos agradecer e queremos fazer uma homenagem. A senhora nos disse que a leitura é uma janela para a liberdade, que ninguém pode nos impedir de saltar por esta janela, que mesmo um presidiário pode viajar em um livro. Pois queremos ler para as senhoras?

– Claro, prossigam – disse Anna – ao que o garoto iniciou com voz empostada.

– Vou ler As Meninas da Gare, escrito por Oswald de Andrade – anunciou o rapaz que iniciou a leitura para o pequeno público aglomerado na porta da casa de Anna.

"Eram três ou quatro moças bem moças e bem gentis
Com cabelos mui pretos pelas espáduas
E suas vergonhas tão altas e tão saradinhas
Que de nós as muito bem olharmos
Não tínhamos nenhuma vergonha."

A seguir a leitura prosseguiu pela voz de uma menina com tranças e pele sardenta que não ocultava o sotaque espanhol.

– Riqueza, por Gabriela Mistral – anunciou a menina em meio ao grupo que ouviu em silêncio.

> *"Tengo la dicha fiel*
> *y la dicha perdida:*
> *la una como rosa,*
> *la otra como espina.*
> *De lo que me robaron*
> *no fui desposeida:*
> *tengo la dicha fiel*
> *y la dicha perdida"*

As crianças liam tão envolvidas que não perceberam policiais estacionando as viaturas nas esquinas bloqueando o quarteirão. A leitura prosseguiu e as meninas da casa de Anna se aglomeraram ao lado das crianças. O rapaz negro retomou a leitura anunciando o título e o autor.

– Vamos ler, "Dedicatória" de Manuel Bandeira.

"Livres, elas são livres", pensava Anna que precisou ser amparada pelas meninas. Tinha o rosto marcado pela maquiagem que se dissolvia no sal das lágrimas. O menino leu.

> *"Estou triste estou triste*
> *Estou desinfeliz*
> *Ó maninha Ó maninha*
> *Ó maninha te ofereço*
> *Com muita vergonha*
> *Um presente de pobre*
> *Estes versos que fiz*
> *Ó maninha Ó maninha"*

Veio a ordem para dissolver a aglomeração. Os policiais se aproximaram com as mãos nos coldres e os cassetetes empunhados, avançando sobre o grupo diante da casa de Anna. Um policial, mulato, parou face a face com o menino negro.

– Sai daqui logo, Tuninho, senão vou falar com tua mãe, vou contar que você anda de amizade com as putas.

Outro policial de maior patente se posicionou.

– O que está acontecendo aqui? Não sabem que nesta rua estão proibidas aglomerações?

Uma das crianças ainda deu um passo à frente e o jogral repetiu um trecho do poema enquanto caminhavam, livres, para desobedecer ao comando.

"*Estou triste estou triste*
Estou desinfeliz
Ó maninha Ó maninha
Ó maninha te ofereço
Com muita vergonha
Um presente de pobre
Estes versos que fiz
Ó maninha Ó maninha".

No dia seguinte Anna relembrou os fatos ocorridos. As crianças foram dispersadas, a polícia chegou a bater em alguns deles. Anna olhava para os livros já encaixotados, lembrando das caixas que trouxe da Europa. Em uma delas veio a agenda telefônica de Lodz, a mesma que ela agora olhava jogada no chão com outros livros.

CAPÍTULO 14

Os caminhos

A viagem de Jos

O navio deixou o porto de Santos em direção a Belém. Levava a bordo poucos passageiros acomodados em cabines minúsculas que enfrentariam dez dias de viagem caso algum revés não alterasse os planos. Era o mês de fevereiro do ano de 1952 e Jos nada tinha para fazer a não ser recordar o tempo passado em São Paulo. Recém acomodara-se na cabine quando a porta foi aberta por um jovem que, sem cerimônias, anunciou-se.

– Olá, sou Matheus, seremos companheiros nesta viagem. – O rapaz, de estatura baixa e rosto rude, buscou a parte que lhe cabia da cabine. Jogou uma mala de couro duro sobre o leito e em seguida o seu corpo caiu esparramado. – E o amigo, como se chama? – Perguntou Matheus em meio a um bocejo, espreguiçando os braços que ocuparam quase a largura da cabine. Sem dar chance para resposta, peidou ruidosamente e tirou uma rede da mala. – Eu nunca me acostumei com camas, prefiro do meu jeito – falou, enquanto pendurava uma rede sobre a cama. – Os meus companheiros de trabalho riem de mim dizendo que eu vou ficar torto.

Cabine compartilhada, por esta eu não esperava, este indivíduo não vai parar de falar, pensou Jos sem dar atenção ao rapaz que explicava o motivo da sua viagem.

– Vou visitar minha família em Ananindeua, conhece Ananindeua? Fica ao lado de Belém. – Matheus se apresentou como um trabalhador na empresa que construía um edifício na Avenida Paulista. – Vai se chamar Edifício Regina. Chique né? Demoliram a casa de um tal de Abrahão Maluf, um libanês que enriqueceu no negócio de madeiras. Cada andar tem uma casa, você nem imagina a altura do prédio. Lá de cima a gente enxerga toda a cidade, da serra da Cantareira até a borda do planalto que beira a Serra do Mar, e se espremer os olhos dá para avistar os caminhos do sul, pros lados do Embú.

Jos tratou de acomodar a valise com dinheiro bem perto de si. Não queria conversa; tampouco havia a escolha de uma cabine individual.

Ouvir as histórias desse sujeito será um preço extra a pagar pela viagem, pensou, ao ajeitar o travesseiro sobre o leito.

O barco navegou pela baía de Santos em direção ao mar aberto e Matheus tagarelava ao ritmo das ondas. O cansaço de Jos o levou a um estado de torpor, semiacordado revisitou imagens gravadas em algum lobo do seu cérebro.

Quando eu cheguei era mês de novembro, fazia calor e Anna me esperava no cais. Será que ela planejava desde o começo vingar-se de mim? Como fui cair nesta armadilha? No início tudo era festa, as meninas da casa de Anna que caíram no meu colo e os negócios que caíram do céu. Dina, Dina, gostosa até ser corroída pela sífilis. Sobreviver no Bom Retiro foi fácil para mim. Comprei, vendi, emprestei a juros, controlei bordéis, arranjei sócios que me protegeram e me roubaram. Preta Lina, mulher doce, diz que eu sou filho de Oxum, coisa das crenças africanas. Andei pelo terreiro de Oxum, vi coisas que nunca imaginei que pudesse ver. Ninguém perguntou quem eu era, a Mãe de Santo me olhou com um jeito de quem sabia o que iria acontecer comigo. Me falou de espelhos, espelhos, espelhos. Deborah, o corpo de Deborah deitado sobre o tapete da sala na casa em Antuérpia. Eu, ao seu lado, um sonho de mulher com curvas suaves e pelos vermelhos como brasa. Ela teria mudado a minha vida, mas eu não era o dono do meu destino. Deborah reapareceu, e eu não sei quem é a Deborah que eu reencontrei no Rio de Janeiro. Será que as pessoas conseguem mudar completamente? Deborah dos pelos vermelhos... Paramaribo... vida nova, quem sabe eu consigo ir para Amsterdam. Vou de Belém para Macapá, de lá para Caiena e depois Paramaribo. Sou cidadão holandês, quem sabe isto valha alguma coisa por lá...

Outro peido soou e encheu a cabine com um cheiro nauseante ao mesmo tempo em que o barco chacoalhou. Qualquer dos dois fatos tiraria a mente de Jos do limbo em que se encontrava. Matheus seguia a relatar as maravilhas de cidade de São Paulo e levantou para mostrar para Jos as fotos da esposa e do filho que vivem em Ananindeua.

Os dias passaram lentos, idênticos. Nas paradas os passageiros não iam para terra firme, a chuva era permanente e por mais que fosse abundante não alterava o calor. O espaço era limitado e Jos se sentia confinado. Na décima noite, foi acordado por Matheus que informou que o barco se aproximava de Belém. Jos se levantou, arrumou a mala, penteou os cabelos, ajeitou a roupa que adquirira aparência rota que o desagradava. O navio não pode atracar, os barcos pequenos levaram os passageiros até o cais ao lado do mercado do Ver o Peso. Crianças ofereciam sexo por alguns trocados e os berros da gente que trabalhava no cais podiam ser ouvidos ao longe. Matheus se despediu e entregou um cartão com o nome da pensão de um amigo. Jos desembarcou com a bagagem nas mãos e saiu à procura do endereço indicado por Matheus. A traição de Anna não lhe saía da cabeça.

Esta *curve* de merda roubou as caixas de pedras e eu acreditei que receberia o dinheiro de Deborah. Me enganaram, eu não verei a cor do dinheiro e muito menos as pedras. Será que elas, ao menos, entregaram as caixas de Preta Lina e Cornelius? Não sei o que vou encontrar em Paramaribo, se nada der certo eu tenho dinheiro suficiente para seguir para casa. A Holanda ainda é minha casa?

Jos encontrou a pensão indicada, dormiu um sono pesado e ao acordar, saiu a procurar de Jan, um agente holandês com quem gastou parte das reservas de dólares na compra da passagem aérea para Paramaribo. O avião era um Fokker de fabricação holandesa que se prestava para as condições das pistas de pouso na Amazônia. Jan era ao mesmo tempo agente de viagens, piloto e dono do aparelho. Bom de conversa, logo revelou seus planos.

– Vou estabelecer uma empresa aérea com voos regulares entre Belém, Macapá, Caiena e Paramaribo. A fábrica dos Fokker está recuperando aparelhos que sobraram da guerra, vou arrendar mais dois aviões.

– Você terá clientes em número suficiente para manter uma empresa? – Indagou Jos.

— O garimpo cresceu e os garimpeiros precisam de transporte aéreo para levar suprimentos e para escoar a produção ilegal. Não é qualquer piloto que enfrenta a floresta amazônica, os campos de pouso dos garimpos e a bandidagem que ronda o negócio. – Explicou Jan, que relatou sobre o treinamento de pilotagem que fez na Holanda durante a guerra.

— Sou um bom piloto e o Fokker é um trator voador.

— Você recebe pagamentos em espécie? – Perguntou Jos.

— Sou comerciante – falou Jan, com a franqueza típica. – Depende do que você queira trocar. Eu só não quero me envolver com drogas.

— Não são drogas, eu falo de pedras preciosas.

Jan fechou negócio para levar Jos até Paramaribo com escalas emocionantes ao longo da rota. No dia seguinte seguiriam com o avião lotado. Ao desembarcar na capital da Guiana Holandesa, Jos reconheceu vestígios da arquitetura do seu país, mas a familiaridade não passou disso. As ruas eram habitadas por hindus, tailandeses, africanos, índios, chineses e poucos holandeses que pareciam não se incomodar com o calor que sufocava. Naquela babel predominava o idioma crioulo que Jos desconhecia. Ao procurar o escritório da imigração, as autoridades receberam Jos com tratamento diferente daquele dado aos mestiços que se enfileiravam à espera de atendimento. Jos foi orientado a atualizar os seus documentos e soube do direito que teria de receber um valor de indenização pago pelo governo alemão.

— Sugiro que o senhor trate disso quando chegar em Amsterdam. Se o senhor lutou na resistência e a sua família perdeu os bens na guerra, tenho certeza de que terá uma indenização a receber – explicou o agente do escritório de imigração.

Jos permaneceu em Paramaribo por três meses até que um navio de bandeira inglesa o levou para Rotterdam. Enfim, estava a caminho de casa.

O Caminho de Deborah

Na primeira viagem, Deborah seguiu com as pedras para se certificar de que o esquema funcionaria conforme planejado. Ao chegar a Rotterdam, Cornelius a esperava, acompanhado por dois carregadores mestiços da Guiana que levaram as caixas até o seu barco, sempre monitorados por Deborah. Demorou até a carga ser retirada, passar pelos fiscais e ser reembarcada para a viagem com destino a Antuérpia. Tudo feito, Cornelius pilotou o barco que deixou Rotterdam e entrou pelo estuário do Schelde. No trajeto, o marinheiro revelou os detalhes da navegação entre Rotterdam e Antuérpia que ele conhecia. Seguiram rio acima até alcançarem a vila de Bosch van Bath, e de lá, a casa de Cornelius. O tempo passou lento e Deborah estava feliz por rever os ares europeus. Ao chegarem, Deborah surpreendeu-se ao ver o barco naufragado onde pode ler: Veza.

– Quem é Veza? Perguntou para Cornelius.

– Uma amiga. – Ele respondeu sem mais explicações. – Assim que você descansar vamos visitar o meu atelier. Teve notícias de Jos? – Indagou Cornelius.

– Sim, nos encontramos no Rio de Janeiro. Ele não mudou nada, continua se amando acima de tudo.

Deborah estava admirada com a casa de Cornelius, um espaço suficiente para uma vida frugal, uma mesa, cartas e livros espalhados por todos os cantos. A visitante acomodou-se no quarto que Cornelius preparara, tomou um banho reconfortante e retornou para a sala.

– Vamos visitar o atelier? – Perguntou Deborah, o que motivou Cornelius a seguir na direção do galpão.

O marinheiro fez deslizar sobre trilhos fazendo um ruído metálico. A estrutura de ferro de grandes proporções mostrou-se inteira aos olhos de Deborah, Cornelius entrou à sua frente e escalou sem dificuldade algo que lembrava um barco. Deborah observou os movimentos do homem e viu os detalhes daquele mundo particular. No galpão havia um emaranhado de escombros retorcidos, madeiras, ferros soldados e enferrujados em um equilíbrio precário que preenchia o espaço. Cornelius viu a surpresa nos olhos de Deborah e explicou.

– Recolho os restos dos barcos afundados e os objetos que encontro ao longo do rio Schelde e lhes dou vida. Não sou poderoso? Recolhendo destroços é como eu sobrevivo.

A única parte elaborada com cuidado em toda a obra era uma placa onde se lia: "Veza II". Em um canto do que seria um convés, Deborah observou uma cadeira, como um trono vazio.

A primeira viagem de Deborah para a Holanda e Bélgica foi um sucesso. Nas viagens seguintes organizou o trabalho com Cornelius e retomou contatos com comerciantes de joias e de obras de arte.

Os velhos amigos da família mostraram ser úteis e Deborah sentiu novamente o gosto pela vida que fora interrompida pela guerra. Na Antuérpia estabeleceu uma rotina. Sem amigos, parava todos os dias no bar e café De Quinten Mastijs onde o garçom, sem que precisasse pedir, lhe trazia dois drinks seguidos por uma xícara de café. O bar ficava a cinco minutos de bicicleta do local onde vivia, um quarto alugado de uma viúva conhecida da sua família que sobrevivera aos campos de concentração. Morava na Pelikanstraat, próximo da Estação Central, no coração do distrito das lapidações.

Certa tarde, Deborah observava a rua. Da janela do seu quarto viu uma chuva fina que ora caía, ora fazia o sentido inverso levada pelo vento. Enfrentou o rigor do clima e pedalou por algumas quadras até encontrar uma casa de três andares que dividia as paredes laterais com as casas vizinhas. Encostada na porta, Deborah protegeu-se do vento que pareceu aumentar. Quase caiu quando a porta foi aberta por um velho de longas barbas que exclamou carinhosamente em *yídishe*.

– *Sholem Aleichem!*[14] *Sheine Meidale*[15]. O que traz esta menina querida à casa deste velho Bentzion?

– *Aleichem Scholem*, posso entrar Sr. Bentzion? – Respondeu Deborah, acolhida pelo velho comerciante que a recebeu e avisou a esposa.

– Sarah, a menina dos Levi está aqui em casa, prepare um chá.
– Deborah foi servida de uma xícara de chá e relatou os planos de permanecer na Antuérpia.

– Qual a sua opinião, Sr. Bentzion?

– Claro que faz sentido, *meidale*, você tem a mesma visão do seu falecido pai, Z'l[16], você fará sucesso com os quadros. A ideia de trazer pedras semipreciosas do Brasil poderá funcionar. Eu

---

14. A Paz Esteja Contigo.
15. Menina linda.
16. Z'l, *Zikhrono livrakha* em hebraico, significa de memória abençoada.

posso ajudar a organizar os contatos com lapidadores de confiança. Estão acostumados a mexer com diamantes, vou precisar convencê-los a trabalhar outras pedras.

– Então o senhor pode fazer os contatos?

– Claro, vou acionar meus amigos na América. Só preciso de pedras boas, cor homogênea, de tamanho bom para a lapidação, sem inclusões ou fraturas. Os americanos gostam de topázios, ametistas e esmeraldas, estas pedras coloridas da América do Sul que podem dar lucro se forem bem trabalhadas.

Deborah explicou que procurava um ponto para estabelecer a loja de arte e ouviu a explicação do velho.

– *Meidale*, nos dois últimos anos fizemos um trabalho para reaver os bens confiscados pelos nazistas. O imóvel da sua família deve estar listado e, se estiver, poderá ser recuperado. Será preciso ir atrás da burocracia. Já pensou? Reabrir a loja da Família Levi? Eu gostava muito dos seus pais.

Deborah saiu animada com o apoio recebido do velho Bentzion, "um *mensh*"[17] pensou ela.

As caixas de pedras passaram a ser trazidas de acordo com a necessidade dos compradores, em geral duas caixas a cada três meses. Seguiam de Santos para Rotterdam, onde Cornelius as retirava e as fazia chegar às mãos do velho Bentzion. As casas de lapidação passaram a se interessar pelas pedras preciosas de que os americanos gostavam e Deborah tornou-se a fornecedora destes comerciantes. Para a loja ela importava obras de arte cuzqueña via Buenos Aires e obras dos pintores brasileiros primitivistas. Deborah identificou o gosto dos europeus pela arte primitiva,

---

17. Homem sábio.

rústica, *naive* e com cores fortes que trazia do nordeste do Brasil. Por algum tempo Deborah manteve a loja em local alugado. Quando a casa da família Levi foi recuperada, ela reinstalou a loja da família e mudou-se para o andar superior do imóvel.

Jos Volta para Wageningen

Três meses se passaram para que Jos conseguisse seguir viagem em um navio inglês que fazia a rota para Rotterdam. Utilizou o tempo para lidar com a compra e venda de ouro dos rios amazônicos. Esperto no comércio, era conhecido como o homem do ouro, quando partiu para a Holanda. A travessia do Atlântico foi mais confortável do que a viagem entre Santos e Belém. Viajou em cabine individual e, ao longo do trajeto, lembrava-se da Holanda, em que vivera a juventude, o *locus amoenus*, um país que já não existia, pelo menos como ele o conhecera. Na cidade de Rotterdam, que vivia a reconstrução depois de ter sido arrasada durante a guerra, Jos desembarcou com a mesma bagagem com a qual saíra anos antes, nada além do dinheiro que ganhara e a valise com pertences pessoais. De trem foi para a Estação Central em Amsterdam de onde seguiu para Ede-Wageningen, fazendo conexão em Utrecht. Tudo lhe era familiar. Lembrou-se da viagem que fez com Anna no sentido oposto, quando ela deixou a Holanda. Jos desembarcou na estação onde as bicicletas permaneciam alinhadas como cães fiéis à espera do dono, acorrentadas aos postes do estacionamento. Desacostumara-se ao silêncio que dominou a estação depois que o trem deixou a plataforma. Tudo foi reconstruído, pensou Jos. Seguiu de ônibus para o centro da cidade onde encontrou um hotel barato próximo ao terminal de ônibus, a poucos minutos a pé da igreja e da praça central. Uma recepcionista mal-humorada o recebeu murmurando o essencial, recebeu uma diária como adiantamento e entregou as chaves do quarto.

– O banheiro fica no final do corredor e a porta não tem trava.

O inverno deixa as pessoas angustiadas, pensou Jos, ao subir as escadas que levaram a um quarto que cheirava mofo. Planejou os próximos passos, queria rever a casa da família Litvak, visitar o cemitério e quem sabe passar defronte ao prédio do departamento de química da Universidade Agrícola, onde seu pai trabalhara. Jos não conseguiu permanecer muito tempo no quarto, preferiu andar pela cidade em meio a uma garoa constante temperada pelo vento do Mar do Norte. Dirigiu-se a uma loja de bicicletas usadas na esquina próxima ao hotel.

– Quanto custa? – Perguntou, apontando para uma bicicleta em razoável estado, cujo tamanho seria adequado para si.

– Está escrito na etiqueta. – Respondeu o homem de meia idade que cuidava do local. Jos sacou o dinheiro e pediu que os pneus fossem calibrados. Seguiu a pedalar, procurando a direção do antigo lar dos Litvak. Passou por ruas familiares e por outras desconhecidas, pedalou ao longo do canal e parou defronte ao local que procurava. Encostou a bicicleta numa árvore e sentou-se no meio fio, pondo-se a observar a antiga casa dos Litvak. A fachada era familiar. Pouco mudara, a não ser pela pintura nova. Havia três bicicletas alinhadas no espaço ao lado da entrada, a indicar o provável número de moradores. Um homem surgiu pela porta, tomou uma das bicicletas, alojou alguns livros na bolsa que pendia do bagageiro, olhou para Jos e sumiu na direção do canal. Jos ficou postado na frente da casa por um tempo a pensar no local que o abrigara, onde crescera, onde se tornara adulto, onde seus pais viveram. Uma mulher saiu da casa acompanhada por uma menina, filha talvez? Carregava um volume que parecia conter um instrumento musical. A mulher acomodou a menina na garupa, observou Jos sentado na calçada ao lado da bicicleta e não hesitou em perguntar.

– O senhor precisa de alguma coisa?

– Não, não, obrigado, estou apenas visitando a cidade. Eu morei nesta casa faz muitos anos. A senhora toca algum instrumento?

– Sim, sou professora de iniciação musical. Toco acordeom.

A mulher e a filha seguiram em direção ao centro da cidade. Jos permaneceu parado na frente da casa, a olhar para a rua e para as demais casas do quarteirão. As pessoas não eram conhecidas. Na esquina observou um monumento, algo parecido com uma escultura. Aproximou-se e leu a placa que continha uma homenagem aos mortos na invasão alemã. Resolveu retornar para o hotel.

No café ao lado do hotel, parou para uma refeição.

Faz tempo que não como algo quente. Preciso dormir um pouco e procurar um contato com Cornelius.

Encontrou o posto do correio e telégrafo e passou um telegrama para Cornelius, anunciando que estava na Holanda e que lhe faria uma visita.

Jos foi desperto por vozes que vinham da praça central. Deixou a cama, buscou o pente sobre o criado-mudo, alisou os cabelos, arrumou a roupa e caminhou até a janela do quarto do hotel. Enquanto o pente passeava pelos seus cabelos emaranhados, observava o movimento dos comerciantes nas barracas da feira montada ao redor da igreja. A torre da igreja estava sendo reconstruída e a feira funcionava normalmente na praça, tal como no passado. A vida normal era retomada e os danos físicos da guerra estavam praticamente apagados. Jos lavou-se no acanhado banheiro do corredor, tudo muito rápido, pois outros dois hóspedes se postavam à frente da porta sem tranca. Voltou para o quarto, onde encontrou um pacote da lavanderia que trazia as suas roupas limpas. Vestiu-se, escolheu um boné, envolveu o pescoço com uma echarpe recém-comprada e desceu as escadas que levavam à entrada do hotel. Uma cabine telefônica servia tanto os hóspedes quanto ao público que passava pela cidade. Jos chamou a telefonista e marcou uma ligação internacional. Foi informado que pagaria no próprio hotel.

– Sim, o telefone é da cidade de São Paulo, no Brasil. Desejo falar com a Sra Anna Lea Sztajn. Sim, a ligação pode demorar oito horas? Não tem problema, estarei a postos mesmo que a ligação seja feita à noite, obrigado.

Voltou para o café ao lado do hotel onde estabeleceu o seu ponto comercial vendendo e comprando dólares, ouro e pedras, itens que faziam parte integral da sua bagagem de mercador. Terminada a refeição, retornou à entrada do hotel onde havia um espelho que ocupava uma parede inteira criando a sensação de ampliação do espaço. Jos olhou para os seus trajes, ajeitou o cabelo, assentou o boné e a echarpe, colocou as luvas e foi buscar a bicicleta estacionada no pátio externo.

O frio não era vencido pelo sol fraco, impotente para atravessar as nuvens trazidas pelo vento do mar do norte. Jos seguiu de bicicleta na direção dos prédios da Universidade espalhados pela cidade, passou defronte ao local identificado por uma placa: *"Aula"*. Era o auditório para as sessões solenes e defesas de teses, localizado ao lado do Hotel De Wereld, onde os alemães assinaram a rendição. Jos pedalou até o prédio com a inscrição na fachada: *"Chimica"*, encostou a bicicleta e viu jovens que entravam pela porta principal, possivelmente alunos. Jos os seguiu e reconheceu os corredores onde costumava acompanhar o Professor Litvak. Ao final do corredor encontrou o laboratório guardado por uma porta dupla de vidros canelados. Três alunos com aventais brancos trabalhavam lá dentro. Jos aproximou-se e viu as imagens dos alunos fragmentadas através do vidro da porta. Encimando a porta dupla, Jos leu a inscrição: "Laboratório Prof. Mendel. J. Litvak".

– Pois não, o Senhor procura por alguém? – Perguntou uma moça com idade que lhe conferia alguma senioridade, confirmada pela identificação no bolso do avental: Chefe de Laboratório.

– Sim... não... eu apenas desejo visitar este local que conheci faz muitos anos.

– Fique à vontade, se precisar de algo nos avise. Se bem que eu acho que te conheço, você não é Jos Litvak?

– Sim, sou eu mesmo, e você...

– Não se lembra mais de mim, Jos. Sou eu, Bela. Participamos em algumas missões na resistência, na casa de Cornelius, lembra-se? – Bela estendeu a mão, com reservas, e continuou a fala com franqueza holandesa – Senhor Jos Litvak, soubemos que o senhor se envolveu em um comércio, digamos, pouco edificante. Pode concluir a visita e depois feche a porta do laboratório, por favor.

Jos percebeu o sabor da rejeição, com o qual não estava acostumado. Ficou só no laboratório que mantinha o cheiro que conhecera na infância. Seu pai, não raras vezes, levava para casa frascos de vidro para que ele brincasse. Lembrar-se dos pais trouxe sensações ambíguas, algo como uma culpa por não os ter salvo da deportação. A sensação passou a incomodar e Jos retomou a bicicleta e seguiu em direção ao muro que delimita a cidade antiga. Teve alguma dificuldade para encontrar a ruela que leva ao cemitério judaico, onde seus pais deveriam ter sido enterrados se tudo tivesse ocorrido normalmente. O antigo muro fora reconstruído, os túmulos foram recompostos na medida do possível, estava tudo limpo e as lápides realinhadas informavam que haviam sobrevivido, ainda que os nomes gravados nas pedras não correspondessem aos ossos enterrados. Jos parou por instantes, pensando nos pais. Escolheu duas pedras e as colocou sobre um túmulo anônimo, lavou as mãos na torneira ao lado da entrada principal e saiu em busca do trajeto de volta ao hotel. Enquanto isso os ossos continuavam a procurar pelos seus túmulos.

Jos acordou quando alguém bateu à porta do quarto, anunciando:
– Tem uma ligação internacional para o senhor. – Jos desceu as escadas às pressas, tomou o telefone e ouviu a voz de Anna.
– Que surpresa receber o seu chamado vindo da Holanda, pensei que você estivesse na Guiana.
– Estou em Wageningen. Acabei de visitar a casa onde você morou.
– Boas lembranças dos tempos em que você era uma pessoa confiável, Jos. – Respondeu Anna.
– Você também, Anna, um dia já foi uma pessoa confiável.

– Diga logo por que me ligou. – Falou Anna cuja voz era encoberta pelos estalos e ruídos da conexão precária.

– Quero saber dos negócios que deixei nas suas mãos. As caixas foram encaminhadas?

– A caixa de Cornelius foi enviada a Rotterdam e eu encaminharei a outra caixa para Preta Lina, fique tranquilo. Não sou crápula como você.

– E as minhas lojas? E as minhas caixas com as pedras?

– As lojas foram tomadas pelos credores e as caixas estão em boas mãos.

– Anna, você nunca vai deixar de ser uma *curve* sem vergonha. Espero que você nunca apareça na minha frente.

A fala de Jos perdeu-se em algum cabo submarino. Anna havia desligado o telefone e Jos entendeu que o Brasil era uma página virada. Restava encontrar Deborah.

A decisão de visitar Cornelius e o desejo de rever Deborah não saíam da mente de Jos. Resolveu buscar informações no cais de pequenos barcos que operam no porto de Rotterdam, onde Cornelius costumava trabalhar. As embarcações quase desapareciam ao lado dos cargueiros que entravam pelo canal do rio. Jos perguntou sobre Cornelius para todos os marinheiros que encontrou, até que um deles apontou para o barqueiro que fazia os serviços entre a Antuérpia e Rotterdam, o mesmo que o levara a visitar a casa de Cornelius. Ambos se reconheceram e Jos o encheu de perguntas.

– Ele não anda bem. Nos últimos tempos parece que perdeu a razão. Eu o ajudo a levar as cargas para a Sra. Deborah, uma comerciante de arte que veio do Brasil e mora na Antuérpia. Agora eu mesmo fui contratado para substituir Cornelius.

– Entendo – disse Jos. – Obrigado pelas informações sobre o meu amigo. Ah, eu gostaria de encontrar esta sua cliente, Deborah.

– Meus clientes são discretos e me pagam bem. Por que eu iria passar informações para o Senhor? – Jos colocou um envelope com dinheiro na mão do barqueiro, que ao olhar para o conteúdo respondeu:

– Em dois dias chegará uma carga em Rotterdam e eu vou levá-la para Dona Deborah. Quando Cornelius está bem, costuma acompanhar a chegada das cargas. Ele vem de trem pois não navega mais sozinho.

– Que tipo de encomenda, você sabe?

– São caixas que eu entrego na Antuérpia. As caixas são liberadas pela alfândega e eu não sei o conteúdo.

– Eu quero estar aqui quando Cornelius vier; me informe a data e horário, pediu Jos.

– Devo avisar que o seu amigo está mudado. O senhor não irá reconhecê-lo.

Jos aguardou na cidade pela chegada de Cornelius. No dia marcado esperou por ele, num bar, na companhia do barqueiro. Jos fumava, penteava os cabelos e tomava seguidas xícaras de café. Viu quando um homem de traços quixotescos entrou no bar, trajando roupas e botas surradas. Tinha a pele curtida pelo vento e pelo sol, afetada por feridas. A barba crescera sem cuidado.

– Cornelius! Tudo bem? Sou eu, Jos.

Cornelius olhou para ele por alguns segundos e, sem responder, virou-se para o barqueiro:

– Retirou as caixas para Deborah?

O barqueiro respondeu:

– Sim as caixas estão no barco e eu estou pronto para partir. Levarei mais de um dia, pois tenho que fazer entregas pelo caminho. Passarei na sua casa antes de levar a carga para Dona Deborah.

Cornelius ouviu, imóvel. Jos insistiu com cuidado.

– Vamos comer algo?

Cornelius sentou-se à mesa, pediu um café e um sanduíche, seus olhos irrequietos não fitavam um ponto definido. Falava por meio de frases curtas. Tomou o café de um gole só e pediu outra xícara que foi tratada da mesma maneira. Jos tentou uma segunda aproximação.

– Cornelius, o que você tem feito?

A resposta demorou um pouco a emergir. Cornelius olhou para Jos e começou a mastigar o sanduíche que esfarelava pelo colo, pela mesa e pelo chão. Respondeu enquanto mastigava.

– Eu trabalho no meu galpão, só faço isto.

– E o que você faz no seu galpão?

Cornelius silenciou, olhando para a xícara de café vazia enquanto o barqueiro falou ao ouvido de Jos.

– Senhor, não lhe faça mais perguntas, ele não gosta de falar. Tudo o que ele faz é amontoar ferro velho, destroços da guerra e pedaços de madeira que encontra no rio.

Cornelius ouviu a descrição e emendou.

– E eu tenho os meus livros.

– Sim, os livros – completou o barqueiro. – Ele tem uma estante cheia de livros, quase todos em frangalhos, e os lê em voz alta. É a coleção dos autores com quem ele jura ter mantido correspondência ao longo da vida. Afirma que os autores morreram, se exilaram ou pararam de escrever.

Cornelius levantou-se e caminhou na direção do cais onde o barco estava ancorado. Jos viu quando ele parou à frente do barco, olhou por alguns instantes e foi embora, andando para a direção da estação dos trens. Jos se despediu do barqueiro.

– Me avise neste telefone quando você levar Deborah até a casa de Cornelius. Você tem o endereço dela na Antuérpia?

O barqueiro escreveu algo em um guardanapo sobre a mesa do bar, entregou para Jos e sumiu na direção da embarcação.

Jos retornou para Wageningen, deixou o hotel onde se hospedara e foi para a Estação Central de Amsterdam, decidido a embarcar no primeiro trem para Antuérpia. Estava irrequieto, pensando em como seria o encontro com Deborah. Será que ela o receberia?

A viagem de trem foi povoada por imagens de Deborah, da sua pele, cabelos, do cheiro do seu sexo. Jos tomou nas mãos o papel com o endereço e percebeu que parecia ser o mesmo da antiga casa que conhecera.

Vou me encontrar com Deborah no mesmo local onde a deixei.

Jos chegou ao distrito das lapidações e parou na primeira pensão que encontrou. Deixou a bagagem, lavou-se, trocou de roupa, perfumou-se, penteou inúmeras vezes os cabelos e caminhou até o endereço de Deborah. Reconheceu a casa e a frente da loja que não haviam mudado, mesmo passado tanto tempo. Acionou uma espécie de sinalizador rústico formado por dois ferros que, ao baterem um sobre o outro, emitem um som seco e audível, na porta da casa que ladeava a vitrine da loja de arte. Sem resposta, resolveu tentar a loja. Ao abrir a porta produziu o som agudo de um sino que anunciou a sua chegada. Um rapaz o atendeu.

– Ah sim, Dona Deborah terminou o expediente e hoje não receberá mais ninguém. E quem é o senhor?

– Eu sou um amigo dela e gostaria de lhe falar, estou de passagem pela cidade, não terei muito tempo por aqui.

– Se o senhor andar duas quadras verá o bar *De Quinten Mastijs*, onde ela costuma passar os finais de tarde antes de voltar para casa. Talvez ela ainda esteja por lá.

Jos caminhou na direção indicada e viu uma mulher se aproximando no sentido contrário, sobre uma bicicleta. O capuz do sobretudo lhe encobria o rosto, de modo que Jos não teve certeza se era Deborah. A bicicleta cruzou com Jos, parando em seguida. A mulher equilibrou-se com um pé no chão e outro no pedal da bicicleta parada, virou o corpo de modo a olhar para trás e retirou o capuz que cobria o rosto. Jos reconheceu Deborah e seguiu ao seu encontro.

– Veja só como nossos caminhos se cruzam. Posso te convidar para um café?

– Adivinho que você passou pela minha loja. Eu já passei da hora do café, talvez outro dia.

– Tive notícias do seu sucesso como comerciante. Gostaria de saber mais sobre você, quem sabe possamos fazer negócios juntos.

– Eu não cometo o mesmo erro duas vezes. – Disse Deborah que, tentando seguir com a bicicleta, foi segura por Jos.

– Eu andei um longo caminho para te encontrar. Não gostaria de saber por quê?

– Não! Não quero saber porquê! – Respondeu Deborah, que se desvencilhou de Jos e colocou a bicicleta em movimento, distanciando de Jos, que ficou estático na rua com alguma esperança de que ela parasse a bicicleta e retornasse para conversar. Jos pôde ver quando ela parou defronte da casa e entrou, carregando a bicicleta.

A cada mês, Anna se comunicava com Deborah por carta, mais raramente por telefone, sempre que as condições permitissem completar a ligação. Deborah relatava sobre a vida que levava e rotinas que estabelecera na Antuérpia. Naquele mês a carta tratou do andamento do trabalho, Deborah relatou sobre os contatos com o Senhor Bentzion, da recuperação da casa e da aproximação com Cornelius a quem gostava de visitar regularmente. As cartas recebidas por Anna eram lidas com avidez.

"Querida amiga Anna.
Como vão as coisas? São tantas as novidades que eu prefiro relatar por escrito pois é mais barato e eu posso entrar nos detalhes. Por telefone eu fico tensa e esqueço o que devo contar. Saiba que tudo está dando certo, eu consegui recuperar a loja dos meus pais e passei a morar no andar superior, o mesmo local onde passei a minha infância. A loja de arte e o escritório funcionam no andar térreo.
Tenho visitado Cornelius sempre que posso. Ele não pode mais trabalhar com o barco. Vou todos os meses até Bocht van Bath e fico a ouvir as suas declamações sem sentido. Ele enlouqueceu e eu gosto de ouvi-lo sentada dentro do enorme galpão. Na sua última carta você me perguntou se tenho algum amigo ou amante. Não tenho ninguém, querida, e estou ótima sozinha.

Sobre os nossos negócios quero te pedir para enviar pedras da mesma qualidade que enviou na última remessa, os clientes estão gostando do produto. Na próxima carta me explique o objetivo da caixa extra que chegou em Rotterdam destinada para Cornelius, entendi que foi um presente de Jos. Qualquer que seja a resposta eu mandei o meu barqueiro de confiança entregar.

Anna, podemos seguir com os nossos planos, vou enviar para você a metade do lucro da venda das pedras e você, enfim, terá a vida tranquila que merece.

Um beijo de sua amiga."

"Querida Amiga Deborah,

Por aqui está tudo bem, a sociedade beneficente foi encerrada e eu separei algum recurso para cuidar das poucas senhoras que ainda dependem de nós. Uma das lojas de Jos e Alaor ficou com os credores, como você sabe, a outra estou em vias de vender. Jos acha que as duas lojas foram entregues aos credores. Também pretendo vender a minha casa. Michelle conseguiu passar os documentos da loja para o nosso nome. Por aqui Jos acabou, não existe mais.

As pedras que você recebeu são um presente dele para Cornelius e existe uma segunda caixa de pedras que Jos pediu para entregar para Preta Lina. Jos está remoendo o arrependimento pelo que fez na vida.

Me despeço com carinho e amizade.

Anna."

Deborah leu a carta e pensou em Jos, em Cornelius, em Anna e na vida que decidiu levar.

Eu reduzi a minha vida a poucas coisas, o trabalho, uma família amiga, o café, um drink diário e as visitas a Cornelius. Vou visitá-lo em breve, gosto de ouvi-lo ler trechos dos livros, sempre aos gritos dentro do galpão que ele chama de galpão dos cadáveres. Ele anda cada vez mais magro, prega, solda, prende os pedaços da sua vida, construindo um monumento ao nada. Sempre que termina uma leitura, sobe na escultura, ou sei lá como chamar aquele monte de ferros, e começa a falar em voz alta os discursos desconexos. Sempre cita Veza. Que mulher terá sido Veza? Ele sabe que eu o ouço e não se incomoda. Me faz bem saber que ele se reconforta na loucura. Nessas horas eu lembro de Jos, o homem que eu quero ter longe de mim e ao mesmo tempo não esqueço dele dentro de mim.

CAPITULO 15

Coisas desimportantes

Preta Lina caminhou da casa onde vivia até o terreiro de Osum. Precisava parar um pouco por lá ainda que não houvesse ofício naquele dia. Ao chegar, abriu a portinhola que dava acesso à casa onde ficava o terreiro. A lentidão do seu passo dava tempo para que ela pensasse nos fatos que presenciara. Anna indo embora, Jos fugido, os bordéis fechados.

E eu, preta velha, seguindo para o fim do caminho com a guia de Osum.

Preta Lina entrou no salão vazio que a Ialorixá varria. Ela olhou para Preta Lina e disse?

– Eu te esperava faz alguns dias, minha filha Preta Lina.

Mesmo em trajes normais, a mulher ostentava a majestade do reino dos santos Iorubás, tinha a pele lisa como um vaso de barro transformado pelo fogo. Ela era um útero, receptivo, acolhedor.

– O que passa pela cabeça desse menino, minha mãe? Ele tem alma boa, mas Exu atrapalha o tempo todo, como pode?

– Venha, sente ao meu lado filha, a tua cabeça está cheia de perguntas. Sei que na vida a gente tem que escolher entre caminhos.

As duas mulheres confabularam, sentadas a rés do chão no salão vazio de gente. Foi uma conversa de rainhas sem reino, uma conversa de esplendor sem riqueza, uma conversa de majestades sem coroa. O lugar recendia a jasmim, a lavanda, a rosas, sem que alguém as tivesse colhido. A conversa de ambas colocou em harmonia o rastro das mulheres e dos homens que se misturaram nos bordéis recém-fechados, dos viajantes solitários, dos miseráveis largados nas ruas daquele bairro. Nenhuma energia foi perdida, tudo tinha uma orientação.

Tudo tem uma orientação, pensou Preta Lina a caminho de casa, repetindo mentalmente as palavras ouvidas da Ialorixá. – tudo tem uma orientação, nesta vida não existe passo que não seja importante, não há pensamento vão, não existe pessoa que não deixe uma marca.

Quando Preta Lina se aproximou da sua casa, observou uma carroça puxada por um cavalo que, de tão velho, exibia a anatomia dos ossos da anca despudoradamente expostos pela fome e pela idade. O carroceiro Francisco, que por ela esperava, disse.

– Dona Anna contratou eu pra entregar essa caixa pesada, onde devo colocar?

Preta Lina pediu para o carroceiro depositar a caixa na entrada da casa. Lavou as mãos, andou para o fogão, colocou uma chaleira com água colhida na torneira da pia e ofereceu um café para o homem, que aceitou de bom grado. Preta Lina caminhou até o altar povoado por imagens de santos de todos os ritos que compartilhavam o mesmo espaço, em harmonia. Preta Lina olhou para a caixa e pensou nas palavras da mãe de santo. "Parece que você vai ter que escolher um caminho". Enquanto Francisco engolia o café, Preta Lina abriu a caixa, viu o conteúdo e fechou-a novamente. O carroceiro limpava os beiços com a manga da camisa quando Preta Lina lhe pediu

— Francisco, veja se você consegue colocar a caixa de volta na carroça.

— E para onde é que eu devo levar? Dona Anna me pagou pra eu trazer pra cá — Perguntou o carroceiro.

— Vamos levar aqui ao lado, no barreiro da olaria antiga.

Quando a carroça andava, os ossos da anca da égua pareciam se desconjuntar do resto do corpo. Esquálido, o animal obedecia a voz de comando de Francisco, um aboiozinho e ela andava, um meio aboio e ela parava. Foi suficiente para levar a caixa até uma trilha que corria no meio do barro seco, cavado pela olaria, que terminava na barranca do rio Tietê. No passado, ali funcionavam as olarias e antes delas os sítios de recreio da gente fina que morava no centro da cidade de São Paulo.

— Por favor Francisco, descarregue a caixa e coloque naquele bote parado na margem, depois arraste o bote até flutuar na água no rio — pediu Preta Lina que foi, de pronto, atendida pelo carroceiro — Este bote é cuidado pelo pessoal do terreiro para fazer a entrega das oferendas de Osum. Você se incomoda em remar para mim?

O carroceiro conduziu o bote para uma distância da margem barrenta do rio cujo contorno mudava a cada cheia de verão.

— Pare perto daquele tronco e amarre o barco nele. — Pediu Preta Lina que imediatamente fechou os olhos, molhou as mãos na água do rio e orou para Osum. O carroceiro estava cismado com a atitude de Preta Lina, mas nela confiava de coração — Seu Francisco, vamos fazer uma oferenda para Osum, ela vai abrir os nossos caminhos. Não pergunte nada, não abra a caixa, apenas destrave e deixe que ela mergulhe nas águas deste Anhembi.

Enquanto Francisco obedecia, Preta Lina retirou um espelho da bolsa que trazia a tiracolo.

O caminho está aberto, eu fiz tudo o que o Oxum me ordenou fazer, agora o menino vai ficar bem.

Em seguida Preta Lina pediu para o carroceiro Francisco voltar para a margem do rio. Enquanto remava, o carroceiro puxou conversa.

– Dona Preta Lina, posso fazer uma pergunta pra senhora?

– Pode sim seu Francisco.

– O que tinha dentro daquela caixa?

– Dentro daquela caixa tinha toda a riqueza de Osum e todo o malfeito da vida de um menino.

Preta Lina agradeceu ao carroceiro que partiu dando com as rédeas no lombo descarnado do animal, e seguiram carroceiro e égua pela rua acima na direção oposta ao rio.

No velho continente, o barco se aproximou da casa de Cornelius, à margem do Schelde, onde o barqueiro parou a caminho da Antuérpia. A pedido de Deborah o barqueiro sempre parava por lá para ver o estado de Cornelius e entregar mantimentos e correspondências. Ao desligar o motor do barco ouviu a voz de Cornelius vinda do barracão. O barqueiro já não se importava, reconhecia o estado normal de Cornelius, algo suspenso entre realidade e delírio. O barqueiro atracou, retirou os mantimentos do barco e os levou até a plataforma flutuante. A última caixa era pesada, o que obrigou o barqueiro desembarcá-la com esforço. Serviço feito, o barqueiro ficou postado à porta do barracão observando as partes retorcidas do Veza II conectadas de modo a tecer um emaranhado de formas com aparência frágil. Os ferros disformes ocupavam um espaço maior do que ele observara na última visita, pareceu-lhe que a obra de Cornelius crescia e o barracão quase não tinha mais espaço para contê-la. Ouviu a voz de Cornelius, ora abafada, ora amplificada, a depender da sua posição entre os escombros. Ao perceber a presença do visitante Cornelius diminuiu a voz e espaçou a fala. A presença do barqueiro interrompeu-lhe o delírio, tolheu-lhe a criatividade, devolveu-lhe alguma razão fazendo com que Cornelius, contrariado, transitasse da sua realidade pessoal para a realidade ao seu redor.

– Olá, Cornelius. Eu trouxe recados para você. – Disse o barqueiro enquanto distribuía os envelopes – Aqui tem vários telegramas, seus mantimentos e também uma caixa enviada do Brasil junto com a carga que vou levar para Dona Deborah. – Cornelius estendeu a mão e pegou o maço de cartas e telegramas, sentou-se num banco postado em local de onde avistava o rio, o ancoradouro e o nascer do sol. O barqueiro prosseguiu – Das últimas vezes que estive aqui eu trouxe informes do banco. O gerente insiste em dizer que os pagamentos acumulados em seu nome ainda estão lá e que você precisa fazer alguma coisa com esse dinheiro.

Cornelius abriu os envelopes, leu o telegrama da sociedade dos barqueiros, o convite do partido para falar sobre a resistência, avisos do banco, e um telegrama de Deborah dizendo que queria visitá-lo. Os olhos de Cornelius pousaram sobre um segundo telegrama postado desde Wageningen.

– Jos quer me visitar. – Disse Cornelius limpando as mãos sujas de graxa na roupa de trabalho. – Jos quer me visitar.

– Jos quer me visitar. – Repetiu Cornelius mais uma vez e escreveu uma mensagem para Deborah. "Venha me visitar no primeiro sábado do próximo mês, ao final da tarde."

O barqueiro perguntou.

– Onde devo deixar a caixa?

– Você pode deixar no ancoradouro, depois verei o conteúdo.

E voltou para o barracão onde o Veza II crescia disforme.

A caixa pernoitou na plataforma flutuante. O dia começava a amanhecer quando Cornelius desceu os degraus que levavam do galpão ao cais. Viu a caixa, sobre a plataforma, quebrou o cadeado que a mantinha fechada, abriu-a e observou o conteúdo. O rosto de Cornelius não se alterou ao ver as pedras brasileiras idênticas àquelas que Deborah recebia. Havia uma carta de Anna que explicava sobre o presente que Jos lhe destinara.

– Pedras, Jos me mandou pedras semipreciosas. Eles não sabem que eu não quero pedras, não quero nada que brilhe.

Cornelius amassou a carta e a jogou no rio, retornou ao galpão subindo os degraus aos saltos. O seu corpo já não obedecia aos comandos como no passado. Estava ofegante quando chegou à porta do galpão e entrou no espaço que conhecia às escuras. Teve vontade de levar o Veza II para o rio que era o seu verdadeiro lugar. Lembrou-se das cartas trocadas com Veza, das leituras de Canetti, de Ortega y Gasset, das cartas trocadas com Zweig, lembrou-se da explosão dos trilhos do trem, da granada que afundou o Veza, dos corpos que levou para o crematório. Não queria nada que brilhasse, a vida não merecia que existisse nada que brilhasse, a vida deveria ser escura, sem luz, como o leito profundo do Schelde. Lembrou-se do espelho que encontrou na porta da sua casa quando retornou do campo de concentração. Quero eliminar tudo o que tenha algum brilho, não quero nada que tenha brilho. Cornelius buscou o objeto deixado sobre a cadeira de comando do Veza II, desceu os degraus até a plataforma flutuante, abriu a caixa das pedras e depositou nela o espelho com cabo dourado. Trouxe o barco a remo até a plataforma flutuante, tendo mergulhado a metade do corpo no leito do rio. Puxou a caixa para junto do barco, subiu na plataforma e fez um esforço limite para colocá-la a bordo. O barco tremeu ao peso das pedras, tremeu uma segunda vez ao peso de Cornelius que se sentou na proa e remou para longe da margem. Já amanhecia quando Cornelius, ajoelhado na embarcação, abriu a caixa e aliviou o seu peso aos poucos, jogando punhados de pedras na correnteza do rio. Pegava as pedras com as mãos em concha e as jogava ao rio em repetidos movimentos até que a caixa aberta à sua frente contivesse apenas o espelho. Cornelius removeu o espelho da caixa, fechou a tampa e a jogou na correnteza do Schelde, tendo nas mãos apenas o espelho. O dia amanheceu pleno quando Cornelius conduziu o barco para a margem. Ambos estavam leves.

CAPÍTULO 16

Encontro no galpão

O barco aproximou-se de Bocht van Bath. Deborah agitou-se quando avistou a curva do rio que lhe era familiar. Levantou-se como quem quisesse desembarcar antes do tempo, buscando com os olhos o galpão onde se acostumara encontrar com Cornelius. Sempre que Deborah o visitava, estabelecia-se um contrato silencioso entre ambos. Ela ouvia a leitura de trechos dos livros e aquilo lhe fazia bem. Cornelius, por sua vez, declamava interpretando cada palavra, e mesmo sabendo da presença de Deborah fingia ignorá-la. Era um teatro, era como se percebesse nela uma plateia numerosa que ali estava para ouvi-lo e aplaudi-lo sem julgar.

– Por que a senhora insiste em visitar Cornelius? Ninguém tem esperança na sua recuperação. Ficou demente o coitado, sempre declamando aos gritos dentro daquele galpão. – Perguntou o barqueiro enquanto manobrava para atracar.

– Eu não sei responder. Me sinto em paz quando o ouço declamar. Acho que nós precisamos dos loucos e dos artistas para aliviar um pouco da nossa demência.

O barco encostou no tempo suficiente para que Deborah desembarcasse e acenasse para o barqueiro, que gritou enquanto segurava o leme dando motor para partir.

– Voltarei para buscar a senhora antes do pôr do sol.

Deborah observou o barco a se afastar, deu as costas para o rio e ficou parada por um instante olhando o galpão enquanto o ruído do barco diminuía até se extinguir, depois abriu a porta que rangeu sobre o trilho, emitindo o som metálico que ela já conhecia. Forçou a abertura de uma fresta por onde se esgueirou e ganhou o espaço interno. A voz podia ser ouvida de qualquer ponto do galpão e Cornelius era iluminado por frestas de luz que vazavam pelos furos do telhado. Era um ator sobre o palco. Deborah buscou o canto onde costumava ficar e instalou-se, discreta, sabendo que sua presença já fora identificada. Sentou-se no chão, fechou os olhos e ouviu a declamação de Cornelius, que falava em espanhol.

"*Marinero soy de amor,*
y en su piélago profundo
navego sin esperanza
de llegar a puerto alguno.
Siguiendo voy a una estrella
que desde lejos descubro,
más bella y resplandeciente
que cuantas vio Palinuro."
– *Perdóname, niña, que te despierto, pues lo hago porque gustes de oir la mejor voz que quizá habrás oído en toda su vida.* "[18]

---

18. Trechos do capítulo XLIII do livro *El Ingenioso Hidalgo Don Quijote de La Mancha*, de Miguel de Cervantes. Madrid, Letras Hispánicas, 1998, vol. I, p. 510.

Cornelius atirou o volume ao chão e buscou outro livro na estante. Com habilidade circense e aos saltos, deslocou-se por entre as ferragens espalhadas pelo ambiente, encontrou o livro que buscava, escalou os ferros e plataformas de madeira que compunham o cenário, abriu o livro e leu com voz embargada.

"A atração por cemitérios e túmulos é tão forte que as pessoas os visitam mesmo que não exista nenhum conhecido enterrado no local. Visitantes peregrinam nos cemitérios e caminham por entre túmulos como que desfrutando alguma amenidade por eles proporcionada. O cemitério cria um estado mental especial. [19]*"*

Cornelius olhou para o alto tendo o rosto iluminado por um fiapo de luz, fechou o livro e declamou.

– E quando estiverem no meu enterro, finjam chorar meus amigos, pois os poetas apenas fingem morrer.[20]

Deborah levantou-se e aproximou-se de Cornelius, que transpirava agitado, agarrado aos ferros que o mantinham sobre o Veza II que flutuava em um mar imaginário. A aproximação de Deborah o acalmou fazendo com que ele saltasse ao chão, alcançando-a, parou ao seu lado e soprou-lhe ao ouvido.

– Eu tenho uma coisa para mostrar.

Entrou pelas ferragens e trouxe o espelho de mão com o cabo e moldura dourados.

---

19. Trecho de Elias Canetti, *Crowds and Power*, Cemitérios, Peregrine Books, 1960 (original), colhido da versão inglesa de 1973, p. 321. Tradução livre do autor.
20. Fala atribuída a Jean Cocteau (1889-1963).

— Encontrei na porta da minha casa faz algum tempo e resolvi guardar, é a única coisa que brilha neste galpão. Não é lindo? Mas eu não quero nada que brilhe. Tome, o espelho é seu.

Deborah segurou o espelho cuja superfície, de tão suja, não refletia imagem alguma. Buscou um lenço na bolsa que carregava a tiracolo e limpou o espelho, que de imediato voltou a brilhar. O cabo, a moldura e a superfície do espelho reaprenderam a refletir.

Cornelius retomava a leitura quando um ruído de metal chamou-lhes a atenção. Ambos viram um homem dentro do galpão a pentear os cabelos, Deborah agitou-se ao identificar Jos, que aguardou por um momento até aproximar-se. Cornelius reagiu como se o seu corpo diminuísse de tamanho. Jos arrumou a roupa, alisou os cabelos e falou para Deborah.

— Quando você fugiu de mim na Antuérpia eu decidi que não desistiria. Sou um homem insistente e você já deveria saber. — Dirigindo-se a Cornelius, Jos continuou — E você, velho companheiro? Não se recorda de quantas missões fizemos juntos? Você me salvou mais de uma vez, lembra-se? Eu sempre admirei o seu modo de ver a vida, por isso te mandei um presente, será que você o recebeu, ou também lhe roubaram?

Cornelius olhou para Jos e se recompôs, voltando ao seu tamanho e estatura quixotescas. Em pé, ao lado de Jos, apoiou o corpo em um ferro no convés imaginário do Veza II, onde subiu como um marinheiro em alto mar. Olhou para Jos do alto do convés do barco imaginário e suspirou fundo:

— Não existe passado nem há lembrança que mereça ser resgatada. As pessoas estão sempre em mudança, você não é quem eu conheci e nem eu sou quem você imagina, portanto nada devemos um ao outro. Aqui neste barco você é apenas mais um marinheiro.

– Cornelius, talvez você volte para a realidade quando souber dos meus planos para retomarmos nossa sociedade. Onde estão as pedras que te mandei?

Cornelius, do alto do Veza II respondeu:

– Eu recebi a caixa e li a mensagem que dizia ser um presente. Agradeço pela sua atitude, quanto ao presente eu o coloquei no lugar correto onde ele deve estar.

– Local correto? Onde estão as pedras?

– Junto ao Veza I, no leito escuro do Schelde, pois aqui eu não quero nada que brilhe.

– Louco! Você está louco.

Deborah focalizou o olhar em Jos e subiu no barco, voltando-se para ele:

– As coisas não são sempre como achamos que deveriam ser.

Os olhos de Jos procuraram por Cornelius, que a tudo observava do alto do Veza II, murmurando palavras desconexas. Jos aproximou-se do amigo para ouvir o seu delírio. Cornelius falava, tendo nas mãos o livro Auto de Fé, de Elias Canetti.

– Veza foi uma grande escritora. Ela ficou à sombra de Elias por sua própria escolha. Foi ela quem criou o personagem Ken, ela me contou. Ken colecionava livros e ficou louco, pôs fogo na biblioteca que era a sua vida, pôs fogo em si mesmo e só então descansou.

O barulho do barco atracando lá fora, fez Deborah sair sem dizer mais nada. Sua embarcação partia no momento em que atracava o barco que viria buscar Jos.

CAPITULO 17

Dejà vu

Na biblioteca vazia, Anna Lea pensava no que aconteceu. A polícia fechou os puteiros das Ruas Professor Lombroso e Aimorés, mas ela permaneceu na casa.

Oi vey... que mal eu fiz na vida! E esse governador e o prefeito, moralistas de merda, fecharam os puteiros pobres mas deixaram funcionando aqueles que eles frequentam, longe daqui. Para os lados da baixada do Rio Tietê, nas favelas, estão os pretos que transbordaram da Barra Funda e foram morar nos terrenos das antigas olarias onde se costuma jogar o lixo da cidade. Escureceu, eu não consigo enxergar mais nada. *Oy, oy,* a minha alma dói. *Oy vey...* que mal eu fiz na vida! Só Preta Lina, nascida escrava, me acompanha, não faz perguntas sobre o futuro e vem me ver todos os dias, vem a pé lá da favela da várzea do Rio Tietê. Só a Preta Lina me chama de Dona Anna, mas quem é Preta Lina senão um trapo jogado nas ruas desta cidade com milhões de cínicos. Eu gosto quando ela passa por aqui com suas rezas africanas, cheiros e incensos. Gosto quando ela passa as mãos na minha cabeça e diz coisas que eu não sei o que significam. Não sei explicar, mas ela me acalma. Quando ela vai embora, eu me sinto tranquila e pergunto: Quando você vai voltar? Ela nunca responde, nunca fala do futuro, só o presente lhe interessa. Ah... hoje é sexta feira, vou acender as velas de *shabat* e fazer a oração. Dizem que a véspera do *shabat* é como a chegada de uma noiva, mas eu nunca fui noiva, não fui mãe e não terei direito a um enterro decente. Serei enterrada junto ao muro com os impuros, pecadores e suicidas, ninguém rezará por mim. Vou acender as velas. A polícia não me protege mais, os moradores do bairro me chamam de *curve*, sou impura e não posso rezar na sinagoga. Sinto uma mão acariciando a minha nuca, deve ser Egídio.

– Egídio, você rezará para mim?

Ana pegou um livro ao acaso, um livro de contos de Sholem Aleichem escrito em *yídishe*. Tinha por título: *Vida Eterna*. Leu a primeira frase:

Se você quiser eu vou contar uma história de como certa vez eu carreguei um fardo e cheguei perto, muito perto, da desgraça.

Post scriptum

Na Antuérpia, Deborah estava em casa, sentada à frente do toucador. Trajava uma saída de banho, tinha os seios à mostra e penteava os cabelos ainda molhados. Postada à frente do espelho o seu corpo lhe dava prazer. Deborah se deliciava ao toque das próprias mãos que passava demoradamente sobre os seios, coxas, ombros e pubis. Ainda era jovem, poderia pensar em uma vida feliz, algo que nunca tivesse experimentado.

Deborah se levantou e andou ao redor, ouviu o som da água do chuveiro que vinha do banheiro ao lado. Deborah voltou a sentar-se, olhou para o seu rosto refletido no espelho. O som da água parou, momentos depois ela fechou os olhos ao sentir os seus seios acariciados.

AGRADECIMENTOS

Bert Lotz, biólogo da Universidade de Wageningen.

Judica Lookman, musicista de Wageningen.

Reginaldo Prandi, autor e Professor, referência sobre a mitologia dos Orixas.

Mãe Adenilde de Osum de Umuarama, RJ – que tudo sabe sobre os Orixás.

Joaquim Maria Botelho, que tudo sabe sobre a arte de escrever livros.

Marcelo Nocelli, que tudo sabe sobre a arte de fazer livros.

Esta obra foi composta em Arno Pro e impressa em papel pólen soft 80 g/m² para a Editora Reformatório em agosto de 2019.